古都

こと

川端康成 著

陈德文 译

华东师范大学出版社

· 上海 ·

图书在版编目（CIP）数据

古都/（日）川端康成著；陈德文译. —上海：华东
师范大学出版社，2022
ISBN 978-7-5760-3301-4

Ⅰ. ①古… Ⅱ. ①川…②陈… Ⅲ. ①中篇小说-
日本-现代 Ⅳ. ①I313.45

中国版本图书馆 CIP 数据核字（2022）第 185512 号

古都

著　　者	［日］川端康成
译　　者	陈德文
策划编辑	许　静　陈　斌
责任编辑	乔　健
审读编辑	李玮慧
责任校对	李琳琳
装帧设计	吴元瑛
内文设计	卢晓红

出版发行　华东师范大学出版社
社　　址　上海市中山北路 3663 号　邮编 200062
网　　址　www. ecnupress. com. cn
电　　话　021-60821666　行政传真 021-62572105
客服电话　021-62865537　门市（邮购）电话 021-62869887
地　　址　上海市中山北路 3663 号华东师范大学校内先锋路口
网　　店　http://hdsdcbs. tmall. com

印 刷 者　上海中华商务联合印刷有限公司
开　　本　890 毫米×1240 毫米　1/32
印　　张　10.5
插　　页　9
字　　数　190 千字
版　　次　2023 年 3 月第 1 版
印　　次　2023 年 3 月第 1 次
书　　号　ISBN 978-7-5760-3301-4
定　　价　65.00 元

出 版 人　王　焰

（如发现本版图书有印订质量问题，请寄回本社客服中心调换或电话 021-62865537 联系）

目 录

古都

春天的花

千重子看到老枫树的干上开着紫堇花。

"啊，今年又开花啦。"千重子感到了春天的温馨。

这棵枫树长在城内狭小的庭院里，真算是大树了。树干比千重子的腰围还粗，当然，那苍老的树皮和布满青苔的树干，是不好和千重子细嫩的身子相比的……

枫树的老干在相当于千重子的腰肢一样的高度，稍向右斜，在高出她的头顶的地方，朝右来了个大弯儿。这么一弯，一根根树枝扩展开来，占领了整个庭院。长长的枝条略显凝重地微微低垂着。

弯度较大的树干下面一带，似乎有两个凹窝，每一个凹窝里都长着一株紫堇，而且每年春天开花。千重子打从记事儿的时候起，这棵树上就有两株紫堇。上面的紫堇和下面的紫堇相距一尺左右。正值妙龄时期的千重子不由得想：

"上面的紫堇和下面的紫堇能不能见面？它们互相认识不认识呢？"紫堇花什么"见面"，什么"认识"，说的是什么意思呢？

一般有三朵花，最多有五朵花，每年春天都一样。虽说如此，可树上的小凹窝，一到春天就发芽，开花。千重子要么站在走廊上眺望；要么从树根往上看。有时，她被树上紫堇的"生命"所感动，有时又觉得很"孤独"。

"生在这种地方，继续活下去……"

店里的顾客都交口称赞老枫树枝繁叶茂，可是几乎没人留意已经盛开的紫堇花。生长着树瘤的粗大的老干，上下都布满苍苔，更增添了一层威严和高雅。寄生在树干上的小小紫堇花，就更不起眼了。

然而，蝴蝶知道。千重子发现紫堇花时，在院子里低低飞翔的白蝴蝶，正从树干上向紫堇花近旁飞来。枫树正要绽开红红的小嫩芽，蝴蝶们白色的舞姿是那样鲜明耀眼。两株紫堇的叶子和花朵，也在枫树干新绿的青苔上投下朦胧的影子。

樱花开放时节，天气微阴，一个温润的春日。

白蝴蝶飞走了，千重子一直坐在廊下，瞧着枫树干上的紫堇花。

"今年，你又在这儿开出漂亮的花朵啦。"她似乎想跟花儿说个悄悄话。

紫堇花下面一带，枫树的根部，立着古老的石灯笼。灯笼腿上雕着站像，千重子的父亲曾经对千重子说过，这是基督。

"怎么没有玛利亚呢？"当时，千重子问，"不是有一个像北野天神似的大雕像吗？"

"这是基督。"父亲淡然地说，"怀里没有抱婴儿。"

"哦，可不是嘛……"千重子知道了。接着又问："我们家祖辈人里有切支丹①吗？"

"没有。这个石灯笼还不是造园师傅或石匠带来，放在这里的？也不是什么稀罕的石灯笼。"

这只切支丹灯笼，大概是往昔禁教时代的产物吧？石头粗糙、松脆，表面的浮雕经百年风雨的剥蚀，只有头身和两腿的形态，隐约可辨。看来，原是一尊单纯的雕像。袖子长及衣裙，似乎合掌站立，臂腕一带微微隆起，但形状模糊不清。不过，这尊雕像同佛陀和地藏菩萨感觉不一样。

也许是古代的一种信仰，或者异国风情的装饰，这尊切支丹灯笼，如今，只因为是个老古董，被安置在千重子家店铺的庭院里，挨着老枫树的根部站立着。要是有顾客

---

① 指基督徒，"切支丹"为过去日语对葡萄牙语中基督教的音译。

5

看到了，父亲就说是"基督像"。不过，做生意的，很少有人会注意到大枫树下这尊黑乎乎的石灯笼。纵然看到了也不在意，觉得院子里有一两只石灯笼很寻常，更不会仔细瞧上一眼的。

千重子看着树上的紫堇花，随之目光下移，眺望着基督。千重子上的不是教会学校，可是她为了学习英语，时常出入教堂，也阅读新约和旧约的《圣经》。然而，要是给这尊古老的石灯笼献鲜花、点蜡烛什么的，那似乎不合适，因为整个灯笼没有刻上一个十字架。

基督像上边的紫堇花，可以想象是玛利亚的一颗心。千重子的目光离开切支丹灯笼，又仰望着紫堇花。——蓦然间，她想起了饲养在古老丹波壶里的金钟儿。

千重子开始喂养金钟儿，是新近的事儿，也就是四五年光景，是她在老枫树上发现紫堇花很久以后的事了。当时，她在高中时代的同学家里听到鸣叫，就要了几只回来。

"养在壶里很可怜啊。"千重子说。可是同学回答她，总比养在笼子里看着它死好得多了。据说有的寺里养了很多，出售虫卵。同好者也不少。

千重子的金钟儿如今也不断增加，要装在两只古丹波壶里了。每年准时在七月一日前后孵化，八月中旬，就开始鸣叫了。

但是，它们只能在又窄又暗的小壶里，诞生，鸣叫，产卵，死亡。尽管如此，可以繁衍子孙，比起养在笼子里只能保存一代要强多了。简直可以说是壶中过生涯，壶中有天地呢。

古代的中国有个故事，叫作"壶中天地"①，千重子也知道。这壶里有金殿玉楼，摆满美酒佳肴、山珍海错。所谓壶中，就是远离俗尘的另一世界、另一仙境。这是众多仙人传说中的一个。

当然，这些金钟儿并不是厌恶尘世才进入壶内的。它们恐怕没有意识到是在壶里吧？而且在里头生息繁衍下去。

金钟儿最叫千重子吃惊的是，有时不把别处的雄虫放进壶里，只靠同一壶里的金钟儿繁殖，生下的虫儿就又瘦小又纤弱。这是反复近亲结婚的缘故。为了避免这种现象，金钟儿的同好者都有互相交换雄虫的习惯。

眼下是春天，虽说不是金钟儿鸣唱的秋令，可枫树干上的凹窝里，今年的紫堇花又开了。看到了花，千重子想到金钟儿，这也不是完全没有关系的事儿。

金钟儿是千重子放在壶里的，可紫堇花为何要到这种狭窄的地方来呢？紫堇花开了，金钟儿今年也会生下来鸣

---

① 晋·葛洪《神仙传·壶公》："壶公者，不知其姓名也。……常悬一空壶于屋上。日入之后，公跳入壶中，人莫能见。"后用"壶中天地"指道家所向往的仙境生活。

7

叫的吧？

"自然的生命……"

千重子把春风吹乱的头发拢到一侧的耳后，看看紫堇花，想想金钟儿，心里思忖着。

"那我是……"

在这自然界生机盎然的春天，看着这小小紫堇花的，只有千重子一个人。

店铺里传来准备吃午饭的声音。

千重子说好要去赏樱的，马上该梳洗打扮了。

昨天，水木真一给千重子打电话，约她到平安神宫看樱花。真一的同学在神苑的门口收门票，干了半个月了。真一听那位同学说，眼下正是樱花盛开的时节。

"我叫他注意观察来着，还有比这更准确的吗？"真一低声笑了。真一的笑声很动人。

"他呀，会看到我们吗？"千重子问。

"那小子不是把门的吗？谁都得从他眼皮底下走进去。"真一又是一阵笑，"不过，要是你在乎这个，那就各各入园，在园中的花树下见面好了。即使一个人赏花，也没有看够的时候啊。"

"那你就一个人先去吧，好吗？"

"也行，不过，要是今晚来上一场大雨，把花瓣儿全打落了，我可没办法啦。"

"落花自有风情在呀。"

"花给雨打落，沾满了污泥，这就是落花的风情吗？那你就等着看落花吧……"

"讨厌鬼！"

"究竟谁才是……"

千重子挑一件不太惹眼的和服穿上，走出家门。

平安神宫因"时代祭①"而闻名。这是为纪念千年之前在今天的京都定都的桓武天皇，于明治二十八年（1895）建筑的，所以社殿不太古旧。但是，神门②和外配殿据说系仿造平安京的应天门和大极殿。右近卫府有橘树，左近卫府有樱花。昭和十三年，又把东京迁都前的孝明天皇一并供奉于此。来神前举行婚礼的人很多。

最漂亮的是那片将神苑打扮得五彩缤纷的红垂枝樱。现在可以说："除了这里的樱花，再没有能够代表京洛春色的了。"

千重子一走进神苑的入口，满树的红垂枝樱花朵，仿佛盛开在她的心中。"啊，今年又看到京都的春天啦！"她停住脚步望着。

可是，真一在哪儿等着呢？也许还没来吧？千重子想

---

① "祭"即祭祀，日语的"祭"，亦有纪念、宣传、祝贺、庆典等意思。时代祭是京都三大"祭"之一（另有祇园祭和葵祭）。

② 神社的门。

找到真一之后再赏花。她从樱花树下出来了。

下面的草坪上，真一正躺在那儿睡觉。双手交叉，枕在脑后，闭着眼睛。

千重子没想到真一会躺着，她很不乐意。哪有睡在地上等着年轻姑娘的？她固然被这副不礼貌的行为弄得很不好意思，但千重子对躺在地上的真一实在看不惯。在她的生活范围里，是看不到躺在地上睡觉的男人的。

看来真一经常和同学们躺在大学校园的草坪上，或枕着胳膊肘儿，或尽情仰卧着，海阔天空地闲聊吧，他只不过学平时那样子罢了。

真一身边还有四五个老婆子，一边摊开一层层饭盒，一边高声谈笑。兴许真一觉得这几个老婆子很亲切，在她们旁边坐着坐着，就随地躺下了吧？

千重子想到这里，不由要笑起来，可是反而脸红了。她没有马上叫真一，只是站在那里。接着，想离他而去……千重子从未见过男人的睡相。

真一规规矩矩地穿着一身学生制服，头发也梳理得很整齐，修长的睫毛合在一起，像个少年。然而，千重子对他的打扮瞧都没瞧一眼。

"千重子!"真一叫了一声，随即站起身来。千重子立即有些不高兴了。

"躺在那里像什么话呀？人来人往地都瞅着你呀！"

"我没有睡着，你来的时候我知道。"

"太坏啦!"

"我要是不喊你，你打算怎么着?"

"你看到我来，故意装睡觉，对吗?"

"想到有这样一个幸福的女孩儿走近来，我就感到几分悲伤，脑袋也有些发疼……"

"我？我幸福……"

"……"

"你头还疼吗?"

"不，已经好啦。"

"脸色很不好看呀。"

"不，已经没什么了。"

"像把宝刀哩。"

偶然也有别人说他的脸像宝刀，可打千重子嘴里说出来，却是第一次听到。

真一每当听到这种说法，心里就觉得热辣辣的，像火烧一般。

"别看宝刀，不杀人的。这里可是樱花树下啊!"真一笑着说。

千重子登上一座小山丘，转向回廊入口，真一离开草坪，跟在后头。

"这里的樱花，我都想看看。"千重子说。

一来到西边回廊的入口，红垂枝樱花团锦簇，立即将人带进了春天。这才叫春景啊！又细又长的树枝上，缀满了艳红的八重樱，弯弯地垂挂下来，与其说是树上开着花，不如说是树枝支撑着花朵。

"这里的樱花，我最喜欢这一种啦。"千重子说。她把真一领到回廊朝外转弯的地方。那里有一棵樱树，枝条向四方扩展开来，好大一片。真一也站在一旁，望着这棵樱花树。

"仔细一瞧，这棵树很有女人味儿。"他说，"低垂的细枝，还有花朵，看起来又温柔，又丰润……"

而且，这八重樱的红色里，还浸染着些微的紫色。

"如此具有女人味儿，从前未曾感到过。那色彩、风情，还有那娇艳的润泽。"真一又说道。

两人离开那棵樱树，向水池那里走去。逼仄的道路旁边，放着一排座凳儿，铺着绯红色的毛毡，游客们坐在那里品薄茶。

"千重子，千重子！"有人叫着。

微暗的树林中的"澄心亭"茶室，走下来身穿"振袖"和服①的真砂子。

---

① 和服之一种，未婚少女的礼服，衣袖宽大、飘逸。

"千重子，想请你帮个忙呀，我有点儿累了，帮老师照料茶席呢。"

"我这副穿戴，只能洗洗茶具什么的。"千重子说。

"没关系，洗茶具也成……能来吗?"

"我还有伴儿呢。"

真砂子一看到真一，就凑近千重子的耳畔:

"是未婚夫吗?"

千重子微微摇着头。

"男朋友?"

还是摇摇头。

真一转身走开了。

"喏，进去坐坐喝杯茶，一起来吧……眼下正有空位子呢。"真砂子招呼道。千重子谢过她，朝真一追来。

"我那位茶席上的朋友，长得挺漂亮吧?"

"还算说得过去吧。"

"呀，人家会听见的啊。"

千重子看看站在那里目送他们的真砂子，向她告辞。

穿过茶室下面的小路，有个水池。近岸，生长着一簇簇菖蒲，竞相呈现着嫩绿的叶色。水面上漂浮着睡莲的叶子。

这个水池的周围，没有樱花树。

千重子和真一，绕过岸边，进入昏暗的林中小径。这里能闻到新叶的香味儿和湿润的泥土的气息。这条林中小径，又细又短。这里又有一个水池，比前面的水池更大，庭院更广阔、明媚。岸边的红垂枝樱花，映着水面，十分耀眼。外国的游客们，也都围着这棵樱树拍照。

可是，对岸的小树林里，马醉木也羞涩地开放着白色的花朵。千重子想起了奈良。还有，虽说算不上什么大树，但姿态优美的松树很多。要是没有樱花，庄静的松树就会引起人们注意。不，如今，一尘不染的松树的姿影，伴着那一池春水，衬托着低垂的朵朵红花，使之更加艳丽夺目。

真一首先渡过池子中央的脚踏石，这叫作"泽渡"。这些脚踏石是圆盘状的，就像打造牌坊①切割下来的圆型石柱基础石材，直接排列在这里了。有的地方，千重子还得微微收起和服的衣裾。

真一回过头来说：

"千重子，我真想背着你过去。"

"试试看吧，真令人佩服。"

当然，这里的脚踏石，连老太太都能过得去。

脚踏石下面，漂浮着睡莲的叶子。一走近对岸，脚踏石周围的水里，映现着小小的松影。

---

① 原文为"鸟居"，象征神社神域的门。

"脚踏石的这种摆法，倒也挺抽象的，是吗?"真一说。

"日本的庭院不都显得很抽象吗?就像醍醐寺庭院里的杉苔，吵吵嚷嚷，说是抽象，抽象，反而惹人厌烦……"

"是啊，那种杉苔的确很抽象。醍醐寺的五重塔修理完了，正要举行落成典礼，去看看吧?"

"醍醐寺也是模仿新的金阁寺修缮的吗?"

"想必是焕然一新了吧?塔没有烧毁……是拆掉以后再按原样组装的。落成典礼正逢樱花时节，人一定很多呀。"

"要赏樱花，没有比这里的红垂枝樱更可看的了。"

两人从稍靠里边的"泽渡"走过去了。

过了"泽渡"，岸上长着一簇簇松树，不久就到了桥殿。正确地说，这里是一座名叫泰平阁的"桥"，看形态使人想到"殿"。桥两侧各是一排有椅背的低矮座凳儿，人们坐在上头休息，隔着水池眺望庭园的景色。不，当然，水池才是庭院的重点。

坐着的人，有的喝水，有的吃东西，小孩子们在桥上跑来跑去。

"真一，真一!这儿……"千重子先坐下，用右手给真一占了个位子。

"我还是站着吧。"真一说，"也可以蹲在你脚边……"

"不要。"千重子站起来，拉真一坐下，"我去买鲤鱼饵。"

千重子回来，将麸皮投向池水，鲤鱼成群地游来，拥拥挤挤的，有的甚至将身子露出水面。一圈圈的微波扩散开来，摇荡着樱花和松树的影子。

"给你吧。"千重子想把剩下的鱼饵交给真一，他沉默不响。

"你头还疼吗？"

"不疼啦。"

他俩在那里坐了好长时间。真一神色安然地一直凝望着水面。

"你在想什么呀？"千重子问道。

"怎么说呢，我想，人也有什么也不想的幸福时刻啊。"

"就像这种赏花的日子……"

"不，是在幸福的姑娘身边……品味着幸福的甜美，温暖而富有朝气。"

"我幸福吗？"千重子又说。眼里蓦然浮现出忧愁的阴影。抑或是因为低着眉头，池水映入了她的眸子。

千重子站起来。

"桥对面，有我喜欢的樱花树呀。"

"打这儿也能瞧得着，是那里吧？"

那里的红垂枝樱实在好看，以"名樱"而闻名遐迩。枝条垂挂似杨柳，而且很宽阔。一走到树下，微风轻拂，花瓣儿撒满了千重子的脚下和肩膀。

花也落在了樱树下面，斑斑点点。有的漂浮在水池上，可是，也只有七八朵花儿吧……

垂枝樱用竹架支撑着，有的花枝细尖儿几乎垂到池水里了。

这棵绯红的八重樱，透过花枝重叠的空隙，可以窥见池东岸树林梢头，绿叶翠碧的山峦。

"那是东山的余脉吧？"真一说。

"那是大文字山①。"千重子回答。

"哦，大文字山吗？看起来好高呀。"

"从花丛里望去，会怎样呢？"千重子说着，也站在花丛里了。

两人久久不肯离去。

这一带樱花林里都铺着粗糙的白砂子。白砂子的右首是相对于庭园高高耸立着的伟岸松林，以及神苑的出口。

走出应天门，千重子说：

"想去'清水'看看了。"

"清水寺吗？"真一带着一副无趣的表情。

① 京都市左京区如意岳西峰，每年 8 月 16 日晚，在此燃起"大"字形篝火，明烛夜空，蔚为壮观。

"很想从'清水'那里，眺望一下京城的黄昏，还有那西山的落照。"千重子反复地说着，真一只得同意了。

"嗯，去吧。"

"走着去吧!"

好长一段路呢。躲开电车线，两人绕远路到南禅寺道，穿过知恩院后头，经过圆山公园里面，沿着一条古老的小路，来到清水寺前面。碰巧，正是春日暮霭满天的时候。

清水寺舞台上的游客，只剩下三四个女学生，已经看不清她们的面孔了。

这正是千重子喜欢的时刻，晦暗的本堂里亮起了灯光。千重子没有在本堂的舞台上停留就走过去了。她们从阿弥陀堂前进入后院。

后院里也有架在悬崖上的"舞台"。桧树皮葺顶的屋脊显得重量很轻，舞台也很小巧、轻盈。但是，舞台是面朝西的，对着京城，向着西山。

城里灯火明丽，天边残留着微微的亮光。

千重子倚在舞台的栏杆上，遥望着西方。她似乎把同行的真一忘记了。真一走近她的身旁。

"真一，我是个弃儿。"千重子突然说。

"弃儿?"

"嗯，是弃儿。"

真一一时泛起了迷糊，不知道她说"弃儿"心里是怎么想的。

"是弃儿?"真一嘀咕了一声,"你自己也会认为自己是弃儿吗?千重子你要是弃儿,那像我这样的人也是弃儿,精神的弃儿……也许人都是弃儿。诞生于世就是被神抛掷在这个世界上了。"

真一看着千重子的侧影,夕暮的霞光无意中淡淡染红了她的脸庞,这就是美好的春愁吗?

"那么说,人也就是神的弃儿,先舍弃,再拯救……"

千重子似乎没有听进去,她俯瞰着灯火迷离的京城,也不回头瞧真一一眼。

真一认为,千重子心里有着莫名的忧伤,他想把手放在她的肩膀上,千重子躲开了身子。

"不要接触我这个弃儿!"

"我不是说了吗?神之子才被称为弃儿。"真一稍稍提高了嗓门。

"哪会有那么奇妙的事情呀?我不是神的弃儿,而是凡界的父母的弃儿!"

"……"

"是被扔在土红色格子门前的弃儿!"

"胡说什么?"

"是真的,但告诉你这件事情,又有什么用?"

"……"

"我呀，从'清水'这里，眺望京城漠漠黄昏，心想，我真的生在这座京城里吗?"

"瞧你说的，你头脑有问题……"

"这种事儿，干吗要骗你呢。"

"你不是批发商的独生女儿吗? 好宝贝哩! 大凡独生女儿，总喜欢想入非非。"

"可不，是被宝贝着。如今呀，做个弃儿也不错……"

"你说弃儿，有什么证据?"

"证据? 证据就是店前的土红格子门呀。老格子门知道一切。"千重子的声音愈加动人，"我呀，大约是上初中的时候吧，妈妈把我喊去，对我说:'千重子，你不是娘肚子里的孩子，是抢了别家的小宝贝，坐着车慌忙逃走了。'可是，抢夺的地点，父母说的都不一样，一个说是观赏夜樱的祇园，一个说是鸭川的河畔……他们觉得，要是说我是扔在店前的弃儿，太可怜了，所以想点子瞒住我……"

"嗬，你真的不知道亲生父母是谁吗?"

"当今的父母很宝贝我，我也不想寻亲了。我的生身父母，也许早已化作仇野①的怨鬼游魂，那里的石碣都破败倒塌啦……"

---

① 京都内嵯峨小仓山麓的火葬场兼墓地，又称鸟部山、鸟边山。

自西山起始，柔和的春的夕暮犹如微红的雾霭，逐渐扩散开来，几乎染遍了京都大半个天空。

千重子真是弃儿吗？她真的是抢来的吗？真一很难相信。千重子的家在古老的批发商店街，到附近一打听就知道。可是真一眼下当然没心思去查问一番。真一迷惑不解，他想弄清楚的是，千重子为何在这里告诉他这些事情。

难道她把真一带到清水寺来，就是为了向他表白这个吗？千重子的声音越发清纯了，话音里蕴含着一丝可贵的坚强。她似乎不是为了向真一诉苦。

千重子一定朦胧地知道，真一是爱她的。千重子的表白，难道是让爱她的人了解自己的身世吗？真一听不出她的话有这个意思。恰恰相反，她似乎是为了预先拒绝他的爱。所谓"弃儿"，只不过是千重子制造的假话罢了……

在平安神宫时，真一再三说千重子很"幸福"，他想，这权当是对自己的抗议好了。于是，真一说：

"你知道是弃儿之后，感到很孤独，很悲伤吗？"

"不，我一点也不感到孤独和悲伤。我也没有可悲伤的事。"

"……"

"我要进大学的时候，父亲对我说，一个继承家业的女孩儿家，上什么大学，反而惹麻烦。倒不如多照看一下生意呢。只是那个时候，我才有些……"

"是前年吗?"

"是前年。"

"你绝对听父母的话吗?"

"啊，绝对听。"

"婚姻大事呢?"

"啊，现在也是这么想。"千重子毫不迟疑地回答。

"就没有一点自己的看法，自己的感情吗?"真一问。

"有啊，太多啦，不知道怎么办……"

"你就这么压抑自己，一切都闷在心里吗?"

"不是，不想闷在心里。"

"你说话总是绕圈子。"真一轻轻的笑声里微带几分颤抖，他上半身探出围栏，窥探着千重子的脸庞，"很想看看你这个谜一般的弃儿的模样儿呢。"

"已经天黑啦。"千重子这时才回头看看真一，她的眼眸里闪耀着光辉。

"真可怕……"千重子将目光转向本堂的屋顶。厚厚的桧树皮葺的屋顶，看上去沉重而又昏暗，正以可怖的气势向千重子压了过来。

尼寺和格子

千重子的父亲佐田太吉郎，三四天前就躲进了隐蔽于内嵯峨的一座尼寺里。

说是尼寺，庵主也过六十五岁了。这座小小的尼寺，在古都还是有来头的，可是寺门掩映于竹林里，看不见，和旅游几乎无缘，总是静悄悄的。厢房偶尔用来举行茶会，也称不上知名的茶室。庵主经常出外教插花。

佐田太吉郎租住这座尼寺的一间房子，如今他也与这座尼寺很相像。

佐田的店算得上是一家京城绸缎批发商，位于中京区。周围的店铺大体都是股份公司，所以佐田的店形式上也是股份公司。太吉郎当然是经理，但交易都委托给主管（如今称专务或常务）处理了，不过还是多半保留了传统生意人的老规矩。

太吉郎打年轻时候起就有名人气质，而且不愿和人往来。他丝毫没有为自己的染织作品举行个展的野心。即便办个什么活动，在当时因为制作太新奇，要想出售，那是很困难的事。

上一代的太吉兵卫，总是闷声不响看着太吉郎做活计。其实，太吉郎并不缺少那些能画时髦花样儿的内部图案设计师和外面的画家的本领。当太吉兵卫发现不是天才的太吉郎毫无长进，靠着麻药的魔力，绘制了一些奇奇怪怪的友禅织的画稿，立即将他送进医院。

轮到太吉郎当家了，他的那些画稿也变得寻常一般了。太吉郎对此很伤心。他到嵯峨的尼寺一个人独居，也是为了能获得意想不到的构图方面的灵感。

战后，和服的花样发生了显著的变化。他想到，过去靠麻药绘制的奇奇怪怪的花样儿，如今看来，反而富有新鲜的幻想。可是，太吉郎已经五十过半了。

"干脆照传统的风格干吧。"太吉郎有时嘴里叨咕着。过去优秀的东西不断浮现于眼前，满脑子都是"古代切片""古典服装"的花纹和色彩。当然，他也到京城的名园和山野写生，为和服花样搜集素材。

女儿千重子，正午时分来了。

"爸爸，喜欢吃森嘉的汤豆腐吗？我买来啦。"

"哦，太难为你啦……森嘉的豆腐，我固然高兴，可是更高兴的是，千重子看我来啦。待上一个晚上，让爸爸歇歇脑筋，想出个新花样来……"

绸缎批发商老板，其实没有必要绘制画稿，那会影响生意的。

然而，太吉郎就连在店内时，也在立着切支丹灯笼的中庭里，于客厅后窗旁边摆上书桌，一坐下来就是半天工夫。书桌后面有两个古老的桐木壁橱，放着中国和日本的古代切片。壁橱一侧的书箱，盛的都是各国绸缎的图录。

最里头的仓库楼上，原样保存着诸多能乐剧的戏装、武官的朝服等，还有不少南洋各国的印花绸子。其中也有太吉郎的上一代，或再上一代起所搜集的古董。举行古代切片展览时，碰到有人求购，太吉郎总是冷冷地断然拒绝：

"吾家遵照先祖遗训，概不出售。"

因为是京都的故家，有人上厕所，就得打太吉郎桌边逼仄的走廊上通过，他看了就皱起眉头，忍着不吭气儿。可是一旦店里有人嚷嚷，他就会厉声喝道：

"不能安静一些吗？"

主管拱着手说："是大阪来了客人。"

"他们买不买没关系，批发商多得是！"

"都是我们的老主顾哪……"

"买绸缎靠的是一双眼！靠嘴买，不是一点眼力都没有吗？生意场的人，只要瞥一眼就够了。别看我们的货都很便宜。"

"是的。"

太吉郎在桌子和坐垫底下铺开着一块异国风格的地毯，他的周围挂着南洋名贵印花绸幔子。这巧主意出自千重子。幔幔可以使店内的杂音得以缓和，千重子时常更换一遍。每换一次，父亲就感受一次千重子的孝心，并把这些幔幔的来历告诉女儿：这是爪哇的，那是波斯的，是哪个时代的，什么图案，等等。这种详细的解说，千重子有时也听不明白。

"做提兜太可惜，裁成茶巾又嫌大。要是缝腰带，可以做好几条呢。"有一次，千重子环顾着幔幔说道。

"拿剪刀来……"太吉郎说。

父亲用剪刀果然灵巧地将幔幔裁成了几片。

"来，再用这个给千重子做条和服腰带，不错吧。"

千重子吓了一跳，眼睛湿润了。

"不行呀，爸爸!"

"好了，好了，千重子扎上这条腰带，说不定会激发我绘制画稿的灵感哩!"

千重子去嵯峨的尼寺，就是扎的这条腰带。

太吉郎当然立即看到女儿的印花绸腰带了，但他装作不在意。印花绸的花样，显得大气、艳丽，颜色浓淡相宜。不过，作为父亲，他想，让花样年华的女儿扎这种腰带合适吗？

千重子将半月型的饭盒放到父亲身边。

"现在吃饭吗？稍等一会儿，我去准备汤豆腐。"

"……"

千重子站起来，随即回头望望门外的竹林。

"已经是竹叶萧森的秋天啦。"父亲说。

"围墙儿近毁坏，倾斜了，剥落了，就像我这个样子啊！"

千重子听惯了父亲的话，也没过去安慰安慰他，"竹叶萧森"——她只是重复着刚才父亲说的话。

"你来时路上的樱花怎么样？"父亲轻声地问。

"散落的花瓣儿都漂浮在水池上了。山间嫩绿的树林里，还剩下一两棵尚未落尽的樱花树，从稍远的地方望过去，反而显得很好看。"

"嗯。"

千重子到里屋去了。太吉郎听到切葱和刮鲣鱼的声音。千重子把樽源汤豆腐的工具备齐后拿出来。——这些餐具都是从家里带过来的。

千重子一心一意伺候父亲吃饭。

"你也一块儿吃吧。"父亲说。

"嗯，您吃吧……"千重子答道。

父亲从肩头到前胸打量着女儿，说：

"太素净啦。千重子只喜欢我画的花样，这样的设计也只有你穿。净是些卖不出去的东西啊……"

"我就爱穿这样的花色，只要我喜欢就行。"

"嗯，太素净啦。"

"虽说素净些，可是……"

"一个年轻姑娘家，太素了，不好。"父亲突然严肃地说。

"可懂行的人看了，都说好呢……"

父亲一声不响了。

太吉郎打画稿，现在只是凭兴趣，玩玩罢了。一个多少转向平民化的批发店，主管为了照顾老板的面子，太吉郎的画稿，也只能叫人印染两三件。其中，由女儿千重子主动挑一件，做成衣服穿，料子要选上好的。

"不一定老是穿我设计的花样。"太吉郎说，"也不一定一直穿自家店的料子嘛……不必讲究情面。"

"情面？"千重子迷惑不解，"我没有讲究什么情面啊。"

"我说千重子呀，你要是穿得华丽些，早就有人喜欢上啦。"平素不大爱笑的父亲，这时也呵呵笑起来了。

千重子照料父亲吃汤豆腐，很自然地看到了父亲的大书桌，那上面不见一张"京染"的画稿。

书桌的一角上，只有江户泥金画的砚台盒和两本高野

画 ｜ 川瀬巴水

残篇①的复制品（其实就是字帖）。

父亲住到尼寺里，该不是想忘掉店里的生意吧？千重子思忖着。

"六十方学书呀。"太吉郎羞愧地说，"不过，藤原②的草书流畅的线条，对于制作画稿倒是很有用处的。"

"……"

"没出息了，手都发抖啦。"

"字写得大一些嘛。"

"已经写得够大的啦，可是……"

"砚台盒上的旧佛珠呢？"

"啊，那个呀，是向庵主讨要的。"

"爸爸戴着那个拜佛吗？"

"用当今的话说，哈，算个吉祥物吧，含在嘴里，有时候，真想咬碎呢。"

"啊，多不卫生呀，沾着好多年的手汗，太脏啦！"

"脏什么？那手垢不正体现了两三代尼姑的虔诚之心吗？"

千重子似乎触动了父亲的隐痛，默默低着头。她把吃

---

① 高野山所藏笔帖残片，现存最古的《古今和歌集》的写本断简，一说为纪贯之笔墨之传承。
② 此处似指藤原公任（966—1041），平安中期歌人，一度参与政界，失意而退，遂转入文学。晚年隐居，出家。

过汤豆腐的用具收拾一下，送回了厨房。

"庵主师傅，她……"千重子从里屋走出来。

"兴许快回来了。千重子你怎么走呀？"

"我从嵯峨走着回去。眼下岚山游人很多，我倒喜欢野野宫、二尊院小道，还有仇野。"

"你小小年纪，净喜欢那种地方，将来好叫人担心哪，可不要学我啊。"

"女人怎么能和男人一样呢？"

父亲站在廊缘上，目送着千重子。

老尼姑不多会儿就回来了。她立即打扫院子。

太吉郎坐在桌前，脑子里出现了宗达①和光琳②的蕨菜图，还有春日的花草画，心里想着刚刚离开他回家去的千重子。

来到乡间小路上，父亲隐居的尼寺，就被竹林遮掩了。

千重子打算到仇野的念佛寺参拜。她顺着古老的石阶爬上左边的悬崖，到达有两尊石佛的地点，听到上面人声

---

① 宗达，生卒年不详。江户初期画家，长于装饰画和水墨画。代表作有《（源氏物语）关屋·澪标屏风》和《风神雷神图屏风》。

② 尾形光琳（1658—1716），江户中期画家。初学狩野风，而后倾向于光悦、宗达的装饰画风，创造大胆而华丽的画风，给予泥金画、染织等工艺以巨大影响。

喧嚷，立即站住了。

数不清有几百座的残破的石塔群，一律都是所谓"荒野游魂"。近来，有些摄影团体，让一些打扮得奇奇怪怪、穿得薄如蝉翼的女子，站到小石塔群落里照相。莫非今天也是这样吗？

千重子从石佛前下了石阶，又想起父亲的话来。

即便躲开岚山春游的客人，跑到仇野和野野宫这种地方，确实不像是一位年轻姑娘的作为。这比起穿着父亲设计的素净图案的衣服，更加……

"爸爸在那座尼寺，好像什么也没干呀。"千重子心里泛起淡淡的寂寥之情。"他干吗要咬碎那沾满手垢的古老的佛珠呢？他究竟想些什么呀？"

千重子知道，父亲待在店里，有时也是强忍着激烈的情绪，就像要一口咬碎佛珠似的。

"倒不如咬自己的手指头更好呢……"千重子喃喃自语，随后摇摇头。接着，她又把心思转到和母亲二人，一起到念佛寺撞钟的事情上了。

这座钟楼是新建的。母亲个子小巧，撞钟也不响亮。

"妈妈，憋足气！"千重子将自己的手掌和母亲的手掌握在一起，这下子撞得很响。

"真的呢，响得好远哩！"母亲开心地说。

"哎呀，到底和常常敲钟的和尚不一样啊。"千重子笑了。

千重子一边想着这些往事，一边沿小路向野野宫走去。这条小路，牌子上写着"竹径通幽"，也不是很早以前的事。但是眼下，昏暗之处也变得明亮多了。门前的小卖部也是吵吵嚷嚷的。

但是，这小小的神社如今没有改变。《源氏物语》里也写着呢，奉仕伊势神宫的斋宫（内亲王）①，在这里幽居三年，斋戒沐浴，洁身自好。据说这里就是"宫居"②的遗址。带有树皮的黝黑的木造牌坊，还有那小柴垣，广为人知。

从野野宫前沿着野外的道路走下去，景色逐渐开阔起来，前方就是岚山。

千重子来到渡月桥岸边的松树林，在这里乘上公共汽车。

"回到家里，妈妈问起爸爸来，说些什么好呢？妈妈会不会早就知道了？"

明治维新前，中京的商家都在所谓"铁炮烧""咚咚

---

① 天皇即位时，选未婚皇女（内亲王）奉仕伊势神宫，赴任前在此斋戒。此种规制自崇神天皇始，至醍醐天皇终。
② 神的居所。神社。

烧"的大火①中焚毁了，太吉郎的店铺也未能幸免。

因此，这一带的商店，虽说有土红的格子门，楼上开着小棂窗，保持着古老的京城风格，实际上都还未经过一百年。——据说太吉郎店内尽里面的仓库，在这场大火中没有被烧毁……

太吉郎的店几乎没有随世俗而改变，这固然决定于老板的性格，但也和批发商的生意逐渐清淡有关系。

千重子回来了，她打开格子门，可以一眼望到底。

母亲阿繁，坐在父亲平素常坐的书桌边抽烟。左手支撑着腮帮，隆着脊背，看上去像在读书或写字，可是桌面上没有任何东西。

"我回来啦。"千重子站到母亲身旁。

"啊，回来了？你辛苦啦。"母亲这才返过神来，"你爸爸在干些什么？"

"这个嘛。"千重子正犹豫着，"我买豆腐带去了。"

"森嘉的吗？爸爸一定很爱吃，做的汤豆腐？"

千重子点点头。

"岚山怎么样？"

---

① 似指"禁门之变"（长州藩于京都策动的武力冲突）时，发生于 1864 年 8 月 19 日的京都大火灾。街道中响起铁炮声，故名"铁炮烧"；火势迅速蔓延，不容扑救，故名"咚咚烧"（日语接连不断之意）。

"人很多啊……"

"没叫爸爸送你到岚山吗?"

"没有,庵主不在家……"

接着,千重子还说:"爸爸好像一直在练字呢。"

"练字哪。"母亲好像没什么意外,"练字可以使心神安宁,我也有这个体会。"

千重子瞅了瞅母亲白皙而端庄的面庞,千重子看不出她心里在想些什么。

"千重子。"母亲轻轻叫了她一声。

"千重子,你呀,也可以不继承这个店里的生意啊……"

"……"

"想嫁人,那就嫁人得啦。"

"……"

"你都听见啦?"

"干吗要说这些呢?"

"一句话也说不清,妈妈也都五十了,我可是想定了才跟你说的。"

"干脆把店关掉算了,不行吗?"千重子一双美丽的眼睛湿润了。

"瞧你,都说到哪里去了呀?"母亲微笑起来。

"千重子，你说家里的生意不如不做了，是真心话吗？"

母亲声音虽不高，但很威严。——母亲刚才的微笑，难道是自己看错了吗？千重子想。

"是真心的。"千重子答道。她心里一阵发疼。

"我没有生气，不要那样苦丧着脸嘛。青年人能说会道，老年人拙口笨腮，究竟谁更孤独，你一定很清楚。"

"妈妈，原谅我吧。"

"说什么原谅不原谅的呀……"

这回母亲倒是真的微笑了。

"妈妈的话似乎也和前面对你说的不太一样啊……"

"我呀，一下子不知怎的，说了些什么，连自己也不知道啦。"

"人哪——女人也一样，说到哪儿就算哪儿，不要变卦嘛。"

"妈妈。"

"你在嵯峨，对你爸爸也是这么说的吗？"

"没有，我对爸爸什么也没说……"

"是吗？也跟爸爸说说看……男人哪，听了可能会发火，可心里头，一定很乐意。"母亲揩住额头，"我坐在爸爸的书桌旁边，就会想起他的一些事。"

"妈妈，你都知道了吧？"

"知道什么呀。"

母女俩好半天都一言不发。千重子再也坐不住了：

"要准备晚饭了，我到锦街①买点儿什么吧。"

"好的，太难为你啦。"

千重子站起来，要到店铺那边去，她下了土间②。原来，这土间很狭长，一直通向里间，而且在店铺对面的墙上，开了一排黑黢黢的锅灶。厨房就在那儿。

如今也用不着锅灶了。锅灶里面安着煤气炉，铺了地板。过去，下边铺的是泥灰，这里又是风口，在京都寒冷的冬季非常难熬。

但是，锅灶都没有毁掉（多数家庭都保留着），也许因为人们依然信奉火神——灶王爷的缘故吧。锅灶后面，供着镇火牌位，还摆着许多布袋佛。布袋佛要配够七尊，每年"初午"③日，去参拜伏见五谷神，每次都买来一尊添上。若是家里死了人，得从最初的一尊开始，重新配齐。

千重子店里的火神，配齐了七尊。家里只有父母和女儿三口人，这七年到十年里，也没有死过人。

火神们的一侧，放着白瓷花瓶，每隔两三天，母亲就给花浇水，仔细擦干净座架。

---

① 著名食品市场，号称"京都的厨房"。
② 日式住房门内较低且不铺地板的地方。
③ 2月首个午日，祭祀五谷神。有的地方定为蚕和牛马的祭祀之日。

千重子提着菜篮子刚刚出门，立即看到一个青年男子走进自家的格子门。

"银行的人吧。"

那人好像没有看到千重子。

是平时常来的年轻银行员，看来也没有什么可担心的，千重子想。不过，脚步随之沉重起来。她紧靠着店前的一排木格子，用手指尖儿轻轻划着一根根格子走过去。

走到店头没有格子的地方，千重子回头看看店铺，又扬起脸来。

二楼的小椴窗前古老的招牌进入她的眼帘。这块招牌连着小小的屋顶，似乎是老铺的标记，又像一种装饰。

春日和暖的夕阳无力地照射着招牌上古旧的金字，反而显得有些寂寥。店前厚厚的棉布门帘也泛白了，露出粗疏的纹路。

"唉，即使平安神宫绯红的垂枝樱，凭现在的心情看，也会觉得没意思啊。"千重子加快了脚步。

锦街的市场还像平时那样熙熙攘攘。

折回父亲店铺附近，遇到白川女①。千重子首先打招呼。

"到我家玩玩吧。"

---

① 居住于京都东北的北白川地区，在京都市内叫卖花草的女性。

"嗳，谢谢啦。小姐，回来啦？真巧，在这儿……"姑娘说，"您上哪儿去啦？"

"锦街。"

"好能干呀。"

"这是供神的花吧？"

"是啊，每次都谢谢啦……喜欢吗？看看。"

说是花，其实是杨桐，说杨桐，也就是一束嫩叶。

每月初一和十五，白川女就送花来。

"今天碰上小姐，真开心啊！"白川女说。

千重子也挑了一支长出嫩叶的小枝条，心里好一阵子激动。她一手攥着杨桐枝回家去，一进门就喊道：

"妈妈，我回来啦！"千重子的声音很响亮。

千重子将格子门打开了一半，再看看大街。卖花姑娘白川女，还在那儿。

"进来歇歇吧，喝杯茶。"她打着招呼。

"好的，谢谢啦。你说话总是那么亲切……"姑娘应和着，然后，抱着一束花草走进土间，"这些花草也没多大用处，不过……"

"谢谢，我是很喜欢花草的，你真是个有心人啊……"千重子眺望着山野里的花草。

门口的锅灶前有一口老井，盖着竹编的井盖儿。千重子把花草和杨桐枝搁在井盖上。

"我拿剪刀来。对啦，杨桐叶要洗洗干净……"

"剪刀这儿有。"白川女喀哧喀哧了几下剪刀，"您家的灶神总是这么干净，我们这些卖花的实在很感动啊!"

"我妈太爱干净……"

"我以为小姐……"

"……"

"近来好多人家，灶神、插花、水井等，上面积满了灰尘，脏兮兮的。连我们卖花的，看了都觉得寒碜。一到您家就安心了，真叫人高兴。"

"……"

至于生意场上，一天天衰落下去之类的事情，千重子都没跟白川女提起过。

母亲依然坐在父亲的书桌前面。

千重子把母亲叫到厨房里，给她看从市场买来的东西。母亲看见女儿从篮子里一样样拿出来摆好了，心想，这孩子也懂得俭省了。可能也是想着父亲去了嵯峨的尼寺，不在家里……

"我也帮帮你吧。"母亲站在厨房里，"刚才来的是那个卖花姑娘吧?"

"嗯。"

"嵯峨的尼寺，有你送给爸爸的画册吗?"母亲问。

“哦，我没在意啊……”

“你给的那一本，好像是带去的。”

那是保罗·克利①、马蒂斯②、夏加尔③，还有更为现代抽象派的画集。千重子给父亲买这本书，是想唤起他新的灵感。

“我们店里，本来不需要你爸爸亲自打画稿的，只要看中了别处印染的东西，能卖出去就行。可你爸爸呀……”母亲说。

“可是千重子尽喜欢穿爸爸画的和服，连妈妈我，都要谢谢你这个女儿呀。”母亲继续说。

“谢什么呀？我喜欢才穿的嘛。”

“你爸爸他看到女儿的和服腰带，不觉得有点儿土气吗？”

“妈妈，虽说素了些，可仔细一看，还是蛮有意思的，还有人夸奖呢。”

---

① 保罗·克利（Paul klee，1879—1940），出生于瑞士，父亲是德国人，母亲是瑞士人。早年受象征主义与年轻派风格的影响。后期倾向印象派、立体主义、野兽派和未来派。代表作有《亚热带风景》《老人像》等。
② 马蒂斯（Henri Matisse，1869—1954），法国画家，野兽派创始人。作品有《豪华·宁静·欢乐》《开着的窗户》等。
③ 马克·夏加尔（Marc Chagall，1887—1985），俄国超现实主义代表画家，其作品的特色为：内容多为故乡自然风物和人间情爱，充满丰富的想象力，色彩明亮而宁静。

千重子想起来了，今天对父亲也是这么说的。

"漂亮的女孩儿，有时候，反倒素净些更合适。不过……"母亲打开锅盖儿，用筷子试了试东西煮熟了没有，她接着说道：

"你爸爸怎么就不能画一些鲜亮的，当今正在流行的花样儿呢?"

"……"

"过去呀，你爸爸他也画过一些高级、时髦的，新奇、惹眼的花样儿……"

千重子点点头："妈妈怎么没有爸爸设计的和服呢?"

"妈妈已经老啦……"

"一天到晚老了老了的没个完，您才多大呀!"

"老了就是老了嘛……"母亲只是叨咕。

"那位设计被评为无形文化财（人间国宝）的小宫先生，他画的江户小花纹，年轻人穿在身上，反而很光鲜，惹得过路人都要回头瞧上几眼呢。"

"小宫先生这样的大人物，你爸爸怎好和人家相比呢?"

"爸爸是着眼于精神的深层……"

"别说得那么玄妙啦。"母亲动了动她那京都女子特有的白皙的容颜，"你听着，千重子，你爸爸他说过，等你举办婚礼的时候，一定给你做一件色彩鲜艳的婚纱和服……妈妈很早就巴望着这一天呢……"

"我的婚礼……"

千重子显得有点儿神情黯淡，她沉默了好大一会儿。

"妈妈，您过去的生涯中，有没有神魂颠倒的时候呢?"

"这个嘛，以前也许跟你说过，一个是在我和你爸爸结婚的时候，还有我们两个抢了你这个可爱的婴儿逃走时。抢了千重子，坐车逃掉啦，就是那种时候。已经过去二十年了，如今一想起来，心里还是怦怦直跳呀。千重子，你摸摸妈妈的心口窝看。"

"妈妈，您不是说我是弃儿吗?"

"不对，不对!"做娘的一个劲儿摇头。

"人在一生当中，总会干上一两件可怕的坏事的。"母亲继续说:

"抢人家的孩子，其罪恶比盗窃金银财宝还要深重，也许比杀人犯还可恶啊!"

"……"

"千重子的亲生父母，一定是急得发疯啦。一想到这些，恨不得马上还给人家，可怎么还呀? 千重子你若要寻找生身父母，我们也只好认啦……可我这个当妈的，也就不活啦!"

"妈妈，不要再提这些事啦……千重子的妈妈，只有一个，那就是妈妈您哪。我就是这么想着长大的……"

"我知道，正因为这个，我更感到自己罪孽深重……我和你爸爸都想好了，早晚要下地狱。但能换个如花似玉的女儿，下地狱又算得了什么。"

母亲的语调很激动，她泪流满面。千重子看着她，眼里也含着泪水。她说：

"妈妈，您对我说实话，千重子到底是不是弃儿？"

"不是，我都说过了……"母亲又是摇头，"千重子干吗老是这么想呢？"

"我不相信爸爸妈妈会抢人家的小孩儿。"

"刚才我说了，人这一辈子，总要有那么一两次鬼迷心窍，干下可怕的坏事的。"

"那么说，千重子是在哪里拾到的呢？"

"观赏夜间樱花的祇园。"母亲滔滔不绝讲述起来，"以前也许说过吧，樱花树下的椅子上，躺着一个可爱的婴孩，看着我们，笑得像一朵鲜花。叫人舍不得离开。一抱起来，心里就'咯噔'一下，再也忍不住啦。我贴着婴孩儿的小脸蛋儿，盯着你爸爸，他说：'阿繁，干脆抱走吧，啊？阿繁，快跑，快跑啊！'接着，就一个劲儿逃啦。记得在平野芋棒①店门口慌慌张张跳上了车……"

---

① 芋头煮鳕鱼，京都名品料理。位于圆山公园内的平野本店，是具有三百年历史的老铺。

43

"……"

"婴孩儿的母亲离开了一会儿，我们钻了个空子。"

母亲说得头头是道。

"这都是命……后来，你就成我们家的孩子啦。一闪，都过了二十年了不是？对你而言是好是坏呢？即便好，我也是打心眼儿里合掌祈祷，求你原谅。我永远对不起你。你爸爸想必也是一样的心情。"

"交好运了，妈妈，交好运啦。我是一直这么想的。"

千重子用两手捂住眼睛。

不管是拾来的还是抢来的，户籍上是把千重子作为佐田家的亲生女儿的。

千重子头一回听父母表明自己不是亲生女儿，那时就没有这方面的感觉。初中时代，千重子听父母谈起来，还以为自己做错了什么事，惹父母生气呢。

兴许父母怕周围邻居对千重子说三道四，倒不如先主动说明为好。或者，他们相信千重子对父母的一片亲情，心想女儿都这么大了，是能分清是非的。

千重子确实感到惊讶，不过，她也没觉得怎么难过。即便青春期到来，也没有为着这件事而苦恼。她对太吉郎和阿繁的亲爱之情依然不变，也没有特别往心里去，更没有着意去消除什么误解。这也是千重子的性格决定的。

但是，假如不是亲生女儿，那么自己的亲生父母，总该生活在某个地方，也许自己还有兄弟姐妹。

"虽说不想见面……"千重子想，"他们一定活得比这里更苦吧？"

对于千重子来说，这些事情也无法弄清楚，倒是记挂着生活在这座古老格子门内的父母来，他们的满腔愁绪也一起涌上她的心头。

在厨房里，千重子用手捂住眼睛，就是因为这个原因。

"千重子。"母亲阿繁，将手搭在女儿的肩膀上，摇晃着说：

"过去的事就不要再问啦。这世界上，随时随地都会有掉落的珍珠。"

"珍珠，好一颗珍珠呀，要是能镶到妈妈的戒指上，那就更好啦……"千重子说着，手脚勤快地干起活儿来了。

吃过晚饭，拾掇好了之后，母亲和千重子上了里屋的二楼。

面朝街道开着小棂窗的二楼，房间简陋，天棚低矮，是给小伙计们住的。从中庭一侧的走廊，可以直接通向里间的二楼。从店内也能上楼去。二楼一般是接待上等顾客或供客人住宿的地方。如今，普通客人都是在面向中庭的客厅里谈生意。虽说是客厅，一直连着店面和里屋，货架上放着绸缎，客厅两侧也是堆积如山。因为房子又长又宽，更便于把东西摊开来挑选。这里一年到头铺着藤席。

里边的楼上房间，天棚很高，有两间是六铺席的。这里是父母和千重子的起居室兼卧室。千重子对着镜子坐着，散开头发。长长的秀发梳理得很整齐。

"妈妈！"千重子向隔扇对面呼喊着母亲，声音里满含着种种思绪。

和服街

京城是大都市，树木的叶色很漂亮。

修学院离宫的内庭，还有御所的松林，古寺广阔的庭院，这些地方的树木自不必说，木屋町和高濑川岸上成排的柳树，五条和堀川一条条垂柳林荫道，位于这座城市之中，一下子就映入了游人的眼帘。这是真正的垂柳！碧绿的枝条一直垂到地面，柔情似水。北山的红松也一样，描画着一个个柔和的圆，团团树影，绵延不绝。

眼下正值春天。东山已经出现了青翠的绿叶。碰到晴天，也能隐约看见睿山嫩绿的叶色。

树木的美艳在于城市的清洁，兴许是街道打扫得很干净的缘故吧。祇园那里，一走进小路，晦暗而古旧的小房屋鳞次栉比，路面上一尘不染。

织造和服的西阵一带同样如此。即便那些触目神伤的小店拥挤在一块儿，周围的路面也并不脏污。有着小格子门的，也不见落满灰尘。植物园等地也是一样，没有人随地丢废纸。

植物园，本来美军在这里盖了营房，自然是禁止日本人出入了。军队一撤走，又恢复了原来的样子。

西阵的大友宗助过去常到这里来。植物园里有他喜欢的林荫道，是成排的樟树。樟树不是大树，道路也不长，可他经常来这里散步。即使是樟树发芽的时节……

"那些樟树，不知怎样了。"在织机的声响里，他也曾这样念叨。会不会被占领军给砍了呢？

宗助等着植物园重新开放。

出了植物园，从那里沿着鸭川河岸再登上一段坡路，这是宗助散步的习惯。有时一边走路，一边望望北山。大体都是一个人。

植物园和鸭川，宗助最多待一个小时光景。不过，这种散步倒使人念念不忘。他正在回忆往事。这时，妻子叫他了：

"佐田先生的电话！好像是从嵯峨打来的。"

"佐田先生？嵯峨……"宗助说着，向账房走去。

织造商宗助和批发商佐田太吉郎两个，宗助要年轻四五岁。抛开生意场上不说，他们是情投意合的朋友，青年时代也曾经是"铁哥儿们"，不过近来多少有些疏远了。

"我是大友，好久不见啦……"宗助在电话里说。

"哦，是大友君。"太吉郎的声音异常兴奋。

"听说您去了嵯峨?"宗助问。

"我在嵯峨僻静的尼寺里躲清闲呢!"

"好奇怪呀。"宗助故意说得很郑重，"尼寺也有各种各样……"

"哪里，这是真正的尼寺……由上了年纪的庵主，一个人主持……"

"您真行，庵主一个人，您可以和年轻女孩儿……"

"胡说什么!"太吉郎笑了，"今天呀，我求你大友君一件事。"

"好的，好的。"

"我到你那里去一下，行吗?"

"欢迎，请吧。"宗助有点儿疑惑，"我这里忙得动不了身子，电话里也能听到织机的响声吧?"

"说实在的，这声音听起来，好叫人怀念啊!"

"瞧您说的，要是这声音没了，叫我怎么办? 这里可不同于清静的尼寺啊。"

佐田太吉郎坐上车，不用半小时就到了宗助的店里。他眼里闪着光芒，立即打开包袱皮儿。

"这个，我想拜托你……"他展开画稿。

"哦?"宗助瞧着太吉郎的脸，"和服腰带啊! 这是佐田先生制作的图案，好华丽呀！嗬，是送给您藏在尼寺的人的……"

"又来了……"太吉郎笑了，"是我家闺女的。"

"哎，要是织成腰带，小姐指不定会吓一大跳。瞧，这种腰带，她怎么会要呢？"

"不瞒你说，千重子送给我厚厚两三本克利的画集呢。"

"克利，克利……"

"听说是什么抽象派先驱画家，柔和、高雅、充满幻想，很合乎日本老人的心理。我在尼寺反复观看，才画了这么一幅图案来。和日本古代的切片完全不同。"

"可不是嘛。"

"到底会是什么样儿，我想请你先织出来看看。"显然，太吉郎的满腔激情还没有平静。

宗助对着太吉郎的画稿瞧了半天。

"嘿，真棒，色调也不错……很好。对于佐田先生来说，这是从未有过的新制作，格调雅致，织起来比较困难。那就一门心思试试看吧。力求表现出小姐的孝心和父母的慈爱之情来。"

"谢谢啦……这阵子，有人动不动就大讲什么 idea（构想）、sense（感觉），要不了多久，连色彩也要考虑西洋的啦。"

“那玩意儿不算高级。”

“我呀，最讨厌那些带西洋词儿的东西。日本，自古代王朝以来，不都崇尚无法形容的优雅之色吗？”

“是啊，就说黑色吧，五花八门。”宗助随声附和。

“不过，今天，我也想过，在和服腰带店中，也有像伊豆藏①那样的……那里盖四层洋楼，搞现代工业化了。西阵也向那方面走啊。一天生产五百条腰带，近来，从业员也参加运筹，年龄平均二十多岁。像我家这种家庭手工作坊，二十年三十年之后，肯定要消失的啊！”

“哪儿的话呀……”

“即使剩下来，唉，还不成了无形国宝啦？”

“……”

“像佐田先生您这样的人，也谈论起什么克利来啦。”

“保罗·克利呀，我关在尼寺里，十天半月，昼思梦想，这腰带的花纹和颜色，不是也可以织成这个样子吗？”太吉郎说。

“画得很好，富有日本式的典雅风格。”宗助连忙说道，“不愧是佐田先生的大作。我一定织造一条上好的腰带来。我打算选个最好的式样，精心织造。对啦，还是让秀男干

---

① 此处指江户时代的伊豆藏人偶师伊豆藏喜兵卫创始的织锦作坊，1893 年开始织造西阵腰带。

吧，他手艺比我强啊。就是我大儿子，您是知道的。"

"是的。"

"秀男比我织得更紧绷……"宗助说。

"那敢情好啊，拜托啦。我家虽说搞批发，但大都是向地方上供货。"

"瞧您说的。"

"这条腰带不是夏天用的，是秋天用的，虽说时间还早……"

"哎，我知道。这副腰带，适合什么样的和服呢?"

"我先想到了腰带……"

"您是批发商，和服可以随时选择上好的料子……怎么都可以。看样子，要给小姐准备做嫁衣了吧?"

"哪里，哪里。"太吉郎听了，像是说自己似的红了脸。

西阵的手工织锦作坊，据说很难传到第三代，这是因为手工织造是属于工艺之类，即使父辈是一名优秀的织工，有一副好手艺，不一定就能传给儿孙。儿子按照父亲的技艺，毫不怠惰，孜孜以求，也不见得就能很好地掌握。

但是也有这样的情况：孩子到了四五岁，首先让他学习缫丝，到了十一二岁，开始练习操作织机，不久就能承包外来的活计。所以，子女众多的人家，可以养家糊口，振兴家业。还有，即便是六七十岁的老太太，在自宅里也能缫丝。所以，也有的家庭，老祖母和小孙女，面对面坐着干活儿。

大友宗助的家里，只有老妻一人桄丝线，她低着头从早坐到晚，年岁显得很老，也不大说话了。

家里三个儿子，每人一架高座织机，织造腰带。高座织机共有三台，这自然是情况好的家庭，也有的家里只有一台，还有的要租借别家的织机使用。

大儿子秀男，正如宗助所说，技术超过父亲，在织造业和批发商之间颇有名气。

"秀男，秀男！"宗助喊着，好像没有回应。这里没有很多织机，只有三台木制织机，噪音也不大，宗助的声音很响亮。可是，秀男的织机位于对面靠近院子的一边，或许他在专心织着双层腰带吧，这可是难度很大的活计。要么就是父亲的呼声还嫌小，没有到达他的耳边。

"老太婆，把秀男叫到这里来。"宗助对妻子说。

"嗯。"妻子拂了拂膝盖，下了土间。她要到秀男的织机那边去，一边走，一边用拳头叩打腰节骨眼儿。

秀男停住操作筬齿①的手，朝这边看看，没有马上站起身来。也许太累了，但是知道有客人在，不好意思抢膀

---

① 日语原文为"筬"（osa），织布机上装在筬框内的金属薄片，将经线纬线按照疏密间隔互相组合。

子，伸懒腰。他抹了一下脸，走过来。

"劳您到这种寒酸的地方来，失敬啦。"他对着太吉郎冷淡地打了招呼。他的表情和动作似乎还记挂着手里的活计。

"佐田先生画了这幅腰带图案，打算托我们家织造呢。"父亲说。

"是吗?"秀男的声音依旧显得有气无力。

"这可是很重要的腰带啊，你织比我织更要好些。"

"小姐千重子的腰带吗?"秀男这才将那张白皙的面孔对着佐田。

作为京城里的人，看到儿子一副冷淡的样子，说道:

"秀男一大早就开始干活儿，已经很累啦。"父亲宗助在为儿子说情。

"……"秀男没有回应。

"不用心是干不好活儿的……"太吉郎反而安慰他。

"织那种没趣的双层腰带，脑袋还没转过来，请见谅。"秀男说着低了一下头。

"很好，一个织工，就是要这样。"太吉郎表示很佩服。

"毫无意思的东西，可关系到我们家的口碑，这就更叫人苦恼。"说罢，秀男低着头。

"秀男。"父亲改换了口气，"佐田先生，和那些人不一样。你知道吗？这是佐田先生躲在尼寺里画的，不是拿去卖的。"

"是吗？哦，在嵯峨的尼寺……"

"过来看看吧。"

"嗯。"

太吉郎受到了秀男的冷遇，刚才来到大友店时的那种气势，一下子消了大半。

画稿摊到秀男的眼前。

"……"

"你不会讨厌吧?"太吉郎讨好地问。

"……"秀男还在默默瞧看。

"你讨厌吗?"

"……"

儿子依然固执地一声不吭。

"秀男。"宗助也看不下去了，"快说话呀，怎么这样不懂礼貌?"

"唔。"秀男还是不肯抬起头来，"我是个织锦匠，也拜见了佐田先生的图案，和别的活计不一样，容不得半点马虎，这可是千重子小姐的腰带啊。"

"是呀。"父亲点点头，又有些迷惑不解，他觉得秀男和平时不一样。

"你讨厌吗?"太吉郎又问了一遍，语气也严厉起来。

"很好。"秀男沉住了气，"我没说讨厌啊。"

"嘴里没说，可心里头……从你眼睛看得出来。"

"是这样的吗?"

"说什么?"太吉郎站起身，打了秀男一巴掌。秀男没有躲闪。

"随您怎么打吧，我丝毫不认为佐田先生的图案不好。"

秀男的脸也许因为挨了打，才变得容光焕发起来。

秀男挨了打，拱着手表示道歉，也没有摸一下那半边发红的面颊。

"佐田先生，请恕罪。"

"……"

"虽然惹您生气了。但这条腰带，还是请您交给我吧。"

"好啊，我就是来求你们的嘛。"

太吉郎也渐渐消了气。"我也请你原谅，都这么大年纪了，还这样儿，实在不像话。打人的手在发疼啊……"

"我的手要是借给你，就更好啦。手艺人的手，皮厚。"

两人都笑了。

可是，太吉郎心底里的芥蒂，还没有消失。

"我已经不记得有多少年没动手打过人啦。——这要请你原谅。不过，我想问问你，秀男君，你看到我的腰带图案时，为何表情那么古怪呢?你能不能对我说实话?"

"哦。"秀男又有些神情黯淡了,"我还年轻,又是个手艺人,不是那么很懂行。您不是说是关在嵯峨尼寺里画的吗?"

"是啊,今天还回到那里去,还要再住半个月呢……"

"别住啦。"秀男强调说,"快回家吧。"

"在家里静不下心来。"

"这腰带的花纹呀,华丽、雅致又新颖,我感到很惊奇。我想,佐田先生怎么会画出这样的图案呢?所以一直瞧着……"

"……"

"乍看起来,好像很有意思,可是没有温热的内心调和。不知为何,总有一种粗野和病态的感觉。"

太吉郎脸色青白,嘴唇发抖,说不出话来。

"不论多么僻静的尼寺,都会有狐狸精或狸猫妖作祟的,不过,佐田先生总不至于被迷住了吧……"

"唔。"太吉郎把画稿拿到自己的膝盖旁边,入神地注视着,"嗬……说得好!别看年纪轻轻的,倒很有眼力啊!多谢……我再好好考虑一下,重新画一幅。"太吉郎慌忙卷起画稿,塞进怀里。

"不,这样也很好,织出来的成品感觉不一样,颜料和染丝,也将会使色彩更优雅……"

"谢谢啦。秀男,照这幅草图,你能把你对我家女儿温暖的爱心织进色彩中去吗?"太吉郎说罢,草草告别,走出大门。

眼前有一条细细的小河,真正的京都特有的小河。岸上的草也以旧有的形状向水面倾斜。岸边的白墙大概就是大友的家吧?

太吉郎将怀里的腰带画稿,揉作一团儿,扔进小河。

嵯峨突然来了电话,说是叫带着女儿去御室赏樱花,阿繁一时没了主意。她从来没有同丈夫一起赏过樱花。

"千重子,千重子!"阿繁求助般地呼喊着女儿,"你爸爸的电话,过来一下……"

千重子来了,她扶着母亲的肩膀接电话。

"好的,领妈妈一块儿去。就在仁和寺的茶店门口等我们好啦。这就走……"

千重子撂下电话,望着母亲笑了。

"是邀我们赏花去的。妈妈,你干吗这样啊?"

"怎么还约我去呢?"

"听说御室的樱花,现在开得正旺呢……"

千重子催促着还在犹豫不决的母亲走出店门。母亲心里似乎还是有点儿不踏实。

御室的有明樱和八重樱,在京城樱花中属于迟开的花,或许是京城花事最后的盛筵。

进了仁和寺的山门，左手是樱花林（或称樱园），繁花满枝，弯弯低垂着。

可是，太吉郎却说："啊呀，这里受不了。"

通往樱花林的路上，摆着好些大座凳儿，人们吃喝谈唱，吵吵嚷嚷，一片狼藉。一群乡下老妈子，兴致勃勃地跳着舞。一个醉汉，鼾声如雷，从座凳滚到了地上。

"这简直是胡闹！"太吉郎颇为失望，他停住脚步。三个人没有进入樱花林。不过，御室的樱花，他们很早就熟悉了。

后面的树林里，在焚烧游客丢下的垃圾，烟雾腾腾。

"怎么样？躲到安静些的地方去，好吗？阿繁。"太吉郎说。

他们正要折回去，这时，樱花林的对面，高高的松树下边的座凳儿，坐着六七个朝鲜女子，穿着民族服装，敲着朝鲜大鼓，在跳朝鲜舞。这一带显得风情优雅。松树的绿色之间，可以窥见山樱的芳姿。

千重子伫立不动，一边观看朝鲜舞蹈，一边说道：

"爸爸，还是安静的地方好啊，到植物园看看吧？"

"走吧，应该是个好去处。御室的樱花，瞧上一眼，也算对得起春天的情分啦。"太吉郎出了山门，上了汽车。

植物园四月起重新开放，从京都车站开往植物园的电车也恢复正常，一趟连着一趟。

"要是植物园人也很多，可以到加茂川岸上散散步。"太吉郎对阿繁说。

车子行驶在新叶滴翠的街道上，比起新建的房屋，古色古香的旧式住家，更能映衬出嫩叶的鲜丽。

从植物园门前的林荫道开始，这一带的景色宽阔而又明亮。左首是加茂川的河堤。

阿繁把门票掖在腰带里。这里开阔的景象，使她的心胸也随之放松起来。平时待在批发街，只能望望山尖儿，况且，阿繁也很少到店前的大街上去。

走进植物园，正面喷水池周围，开满了郁金香。

"这里的景色不像是京都，确实是美国人住过的地盘了。"阿繁说。

"瞧，那后头就是。"太吉郎答道。

走近喷水池，不见有春风吹过，却飘散着细细的水珠儿。水池左方，盖起了一座圆拱形钢筋玻璃屋顶的大温室。三人没有进入温室，只是隔着玻璃窥看了热带植物群。只不过短时间地散散步。道路右侧，高大的雪松抽芽了。下边的枝条铺展在宽阔的地面上。虽说是针叶树，那新芽的柔软润绿，很难叫人联想起"针"字。雪松和落叶松不同，不属于落叶树木，假若是落叶松，也还会长出这样梦幻般

画 ｜ 川瀬巴水

的嫩芽吗?

"我挨了大友儿子好一顿数落呀。"太吉郎冷不丁地冒出了一句。

"他比他父亲更能干,眼光敏锐,一针见血。"

太吉郎只顾自言自语,阿繁和千重子当然不知道他在说什么。

"您见到秀男师傅啦?"千重子问。

"听说他一手好技艺呀。"只是说了这么一句。太吉郎平时就不喜欢人家追根究底。

由喷水池向右,走到顶头,再向左拐,似乎是儿童游乐场,可以听到孩子们的嬉闹。草地上整齐地堆放着许多小小行李包。

太吉郎一家三口沿着树荫拐向右方,没想到已经进入郁金香园。鲜花朵朵,争妍斗艳。千重子不由惊叫起来。红、黄、白,还有暗紫色,花轮硕大,满园摇曳。

"啊,新和服上倒是可以用郁金香呀。虽说有点儿呆板……"太吉郎叹息了一声。

如果说雪松下方的枝条如孔雀开屏,那么,这里盛开的五颜六色的郁金香,应该像什么呢?太吉郎凝神眺望着。花朵的颜色,浸染了空气,一直渗进心底。

阿繁稍稍离开丈夫,一直紧紧挨着女儿千重子。千重子觉得有点儿奇怪，但没有表现在脸上。

"妈妈，那些站在白色郁金香园前边的一伙人，好像是相亲的啊。"千重子悄悄对母亲说。

"嗨，可不是嘛。"

"不要再看啦，妈妈。"女儿拽了一下母亲的衣袖。

郁金香园前边有泉水，养着鲤鱼。

太吉郎离开座凳儿，走到郁金香花近旁，仔细观看。他猫着腰认真窥探花朵的内部，然后回到娘儿俩跟前。

"西洋的花虽说很鲜艳，看一次就厌啦，爸爸还是觉得竹林里好。"

阿繁和千重子也站起身来。

郁金香园，包裹在树林里，是一片洼地。

"千重子，植物园是西洋式庭园吗？"父亲问女儿。

"这个嘛，我不太清楚，似乎有点儿像。"千重子回答，"为了妈妈，再多待一会儿吧。"

太吉郎无可奈何地又在园子里走起来。

"佐田先生吧？果然是佐田先生！"太吉郎被叫住了。

"哦，大友君，秀男也一道来啦？"太吉郎说道，"真没想到……"

"啊，我们也没想到……"宗助深深鞠了一躬。

"我喜欢这里的樟树林荫道，一直巴望着重新开放。这些樟树树龄都有五六十年啦。我们是一步步溜达过来的呀。"宗助再度低下头，"前几天，儿子多有冒犯……"

"年轻人嘛，可以理解。"

"是打嵯峨来的吗?"

"嗯，我是打嵯峨来的，她们娘儿俩是从家里……"

宗助走近阿繁和千重子身边，打了招呼。

"秀男君，这郁金香怎么样?"太吉郎不客气地问。

"花是活的。"秀男说话还是那么粗鲁。

"活的? 嗯，确实是活的。可是我看得有点儿厌烦，对着这满园的花……"太吉郎转过脸去。

花是活的，生命虽然短促，可是活得明朗。明年又会含苞待放。——这就像大自然活着一样……

太吉郎好像又被秀男戳了一刀，他心里有些窝火。

"我眼拙，看不准。用郁金香做和服衣料和腰带的花纹，我虽然不喜欢，但只要出自优秀画师之手，哪怕是郁金香图案，也将富于永久的生命。"太吉郎转向一边，"古代的切片也是如此，甚至有比这座古老的都城更古老的。那样鲜艳夺目的切片，已经没人会织造了，只好模仿。"

"……"

"即使是活着的树木，也有比这京城更古老的，不是吗?"

"我不是故作深奥。我每天嘎嗒嘎嗒织锦，从不会考虑

63

什么高尚的东西。"秀男低下头，"不过，这么说吧，例如千重子小姐，她要是站在中宫寺和广隆寺的弥勒佛面前一比较，小姐就更显得光彩照人啦。"

"这话你对千重子说说看，也让她高兴一下。不过，这比喻实在不敢当啊……秀男君，女儿一眨眼就变成老太婆啦。你看，就这么快。"太吉郎说。

"是的，所以我说郁金香是活的。"秀男加重语气，"意思是，正因为郁金香花期短暂，所以一到花期就憋足劲儿大放异彩。如今正是开花时节啊。"

"哎，对呀。"太吉郎把脸转向秀男。

"我并非想给您织一条腰带能穿到您的孙子那一辈人。现在还……我只想能为您织一条漂漂亮亮穿上一年左右的和服腰带。"

"好主意呀。"太吉郎点点头。

"没办法。我们和龙村先生不一样。"

"……"

"我说郁金香花还活着，就是出于这种心情。眼下，虽然鲜花竞放，也还会有两三片花瓣飘落下来。"

"说得是。"

"谈到落花，樱花是花飘似雪，很有情趣。可是，郁金香怎样呢?"

"花瓣儿或许是七零八落吧……"太吉郎说，"只是我看到那么多郁金香，感到有些腻烦。色彩太鲜艳，反而没情趣……大概因为年纪老了吧？"

"走吧。"秀男催促着太吉郎，"送到我家里的郁金香腰带刻纸什么的，都不是活着的郁金香。今天倒是大开眼界啦。"

太吉郎一行五人，走出洼地里的郁金香园，登上石阶。

石阶近旁是一带花墙。说花墙，其实是一簇簇雾岛杜鹃，密密层层，犹如一道河堤。眼下虽说不是开花季节，但那繁茂的细叶，将盛开的郁金香，衬托得更加鲜艳夺目。

上了石阶向右走去，视野开阔，有牡丹园、芍药圃。这些还未到花期。也许是新辟的园地，人们不太熟悉。

这里，东边可以看见比睿山。

睿山、东山、北山，站在植物园里任何一处，几乎都能望见这些山峦。但是，芍药圃东面，正对着睿山。

"比睿山浓雾缭绕，所以看起来好像很低呢。"宗助对太吉郎说。

"春霞迷蒙，越发有趣……"太吉郎眺望了片刻，"大友君，你从那雾气里，不觉得春光已逝吗？"

"是吗？"

"看到那样的浓雾，反而觉得……春天渐渐就要过去喽！"

"可不是嘛。"宗助也附和道，"真快呀，我还没有好好看看樱花呢。"

"也没有什么可惜的。"

两个人默默走了一阵子。

"大友君，我们打你喜欢的樟树林荫道回去吧?"太吉郎说。

"哎，那太好啦。我一走上那条林荫道，就满心高兴。来的时候，也是从那里钻过的……"宗助回头对千重子说，"小姐，跟着我们一道走吧。"

林荫道上的樟树，树梢左右交错，枝头柔嫩的细叶尚带几分薄紫色。虽然没有风，有的树木却在微微摇摆。

五个人慢慢走着，几乎不再说话。走在树荫里，每人都有万千思绪。

太吉郎一直在想，秀男将自己女儿千重子和奈良、京都高雅的佛像相比拟，难道他的心真的被千重子掳去了?

"可是……"

千重子即使和秀男结婚，她会处在大友织锦场的什么位置上呢? 难道就像秀男母亲一样，从早到晚桃丝线吗?

太吉郎回头一看，千重子正在专心听秀男说话，不时点点头。

即便"结婚"，千重子也不一定嫁到大友家，也可以招

66

秀男到佐田家做女婿嘛。太吉郎心里打着主意。

千重子是独生女儿，要是嫁出去，母亲阿繁该有多么伤心啊！

秀男是大友家的长子，父亲宗助说，秀男的手艺比老子强。此外，还有老二老三两个儿子。

还有，"丸太"的生意日渐萧条，连传统的店面也无力修缮，但毕竟是中京的一家批发商店，不同于只有三台织机的织锦作坊。秀男家没有一个雇工，只靠家人干手工活儿，其境况是可想而知的了。只要看看秀男母亲朝子的样子和简陋的厨房，就不言自明了。尽管秀男是长子，把话挑明了，说不定会愿意做太吉郎的养老女婿的。

"秀男君呀，真是个能干的孩子啊！"太吉郎试探地对宗助说，"别看他年纪轻轻，可办起事来很可靠呀，真是难得……"

"哦，您还这样夸他。"宗助淡然地应和着，"哎，他干活儿倒是挺卖力的。可是一到人前，就粗鲁莽撞……叫人不放心哪。"

"这些不算什么。最近，我还不是老挨秀男数落吗?"太吉郎倒也开心起来了。

"真是太对不住您啦，他就是那么个孩子。"宗助微微低着头，"父母的话，只要他不认同，也不会服从的。"

"这倒没啥。"太吉郎应和着，"今天怎么只带秀男一个人来啊?"

"弟弟们要是也跟来,家里的织机不就得停工吗?再说,他有点倔强,带他到我喜欢的樟树林荫道走一走,或许能使他性格变得柔和些……"

"这林荫道真好。说实话,大友君,我带阿繁和千重子到植物园来,也是受秀男一番好心的劝告啊!"

"是吗?"宗助惊讶地盯着太吉郎的脸,"还不是想看看自家闺女吗?"

"不,不。"太吉郎连忙否认。

宗助回头瞧瞧。不远处走着秀男和千重子,阿繁落在最后头。

出了植物园,太吉郎对宗助说:

"这车子你们用吧。西阵离这儿不远。我们还想到加茂川的河岸上逛一逛……"

秀男看到宗助有些犹豫不决,于是开了口:

"那我们就领情啦。"说罢,先让父亲上了汽车。

佐田一家站在一起送行,宗助从座席上弓着身子打招呼,秀男看不出点头还是没点头。

"真是个怪儿子啊。"太吉郎想起打了秀男一个耳光,他忍住笑说:

"千重子,你和那个秀男师傅谈得很投合呀。他对女孩

68

儿倒挺温和嘛。"

千重子的眼神有些羞涩了，"在樟树林荫道上……我只是听着呢。他干吗要跟我说那些呢？他对我说话时好像很兴奋……"

"喏，还不是喜欢千重子吗？连这个也不明白。他说过，你这个女孩儿比中宫寺和广隆寺的弥勒佛还漂亮……爸爸听了也非常诧异。那么个别别扭扭的人，竟也有惊人之语。"

"……"千重子也不由一怔，脸蛋儿红到脖根。

"他都说了些什么呀？"父亲问。

"他好像讲了西阵手工织机的命运啊。"

"命运？是吗？"父亲陷入沉思。

"说起命运，这道理似乎很难懂，不过，命运嘛……"女儿回答着。

出了植物园，右面加茂川的堤岸上是一条松树林荫路。太吉郎首先从松荫里出来，走到河滩上。说是河滩，其实是碧草如茵的原野。河水从堤堰上流下来，哗然有声。

一群老年人坐在草地上吃盒饭，也有结伴而行的青年情侣。

河对岸也同样，上行车道的下面是步道。透过樱树斑驳的花和叶，可以看见以爱宕山为主体的西山的连峰。河上游似乎临近北山。这一带是风景区。

"坐下歇歇吧。"阿繁说。

河滩草地上晾晒着友禅绸缎，从北大路桥下可以一眼看到。

"啊，还是春天好呀。"阿繁看了一会儿周围的景色。

"阿繁，那个秀男君怎么样？"太吉郎问。

"什么怎么样呀？"

"给我们当女婿……"

"什么？怎么一下子提起这事儿……"

"人很能干哪。"

"那倒是。哎，问问千重子吧。"

"千重子不是早就说了吗？她绝对听父母的。"太吉郎望望千重子，"是吧？千重子。"

"这种事儿，怎么能勉强她呀？"阿繁也看看千重子。

千重子低着眉，眼前浮现着水木真一的面影。那是幼年时代的真一，有一年的祇园祭上，他描着细长的眉毛，搽着口红，化了妆，身穿王朝衣服，坐在高高的长刀彩车上头。真一扮的是一个稚儿的形象。——不用说，那时的千重子年龄也很小。

北山杉

从古代平安王朝时候起，在京都，山，当数比睿山；节日，当数加茂祭。

五月十五日的葵祭也已过去了。

葵祭的敕使行列中增加斋王行列，是昭和三十一年以后的事。这是沿袭传统仪式，斋王幽居斋院之前，先在加茂川净身，以乘彩舆、着礼服的命妇①为先导，女嬬②、童女随后，伶人奏乐。斋王身穿十二单衣③，乘牛车渡河。由于这样的装束，斋王一般由年龄相当的女大学生扮演，既高雅又华丽。

千重子的同学里，有位姑娘曾经被选作斋王。当时，千重子她们也到加茂川河堤上观看过游行队伍。

---

① 日本律令制下身份较高的女官的称谓。
② 日本律令制下于宫中侍奉的下级女官。
③ 女官服饰的总称，单衣外面再加十二件"重褂"。

古寺神社众多的京城，可以说几乎每天不知哪里都有或大或小的节日。要观看节日庆典，五月里随时都有一些活动。

献茶①、茶室、临时休息处、茶釜，随处可见，令人眼花缭乱。

但是，今年五月，千重子连葵祭都没有看到，也许是五月里多雨，抑或打幼年时代起，就被大人带去看过各种节日活动的缘故吧？

樱花当然很美，千重子也爱看嫩叶和新绿。高雄一带的枫树嫩叶，自不必说，若王子那地方她也喜欢。

她一边沏宇治送来的新茶，一边说：

"妈妈，今年一直没去看采茶呢。"

"现在也还是采茶时节啊。"母亲说。

"那是的。"

上次看到的植物园樟树林荫道，那也是比新芽初放、美若鲜花时稍迟了些的。

朋友真砂子打来电话：

"千重子，去看高雄的枫树嫩叶好吗？"对方邀请她，"比红叶时期，人也少……"

"是不是晚了点儿？"

---

① 以崇敬之心向神佛、灵魂奉茶的仪式。

"那儿比城里冷，正是时候。"

"嗯，"千重子稍稍停了一下，"看罢平安神宫的樱花，再去看看周山的樱花该多好，一下子全忘啦。那样的古树……樱花算了，想去看北山杉啊。那里离高雄很近吧？看到北山杉高大挺拔的姿态，我心里很振奋。一块去看杉树吧。比起枫树，还是想先去看北山杉呀。"

高雄的神护寺、槙尾的西明寺、栂尾的高山寺等地枫树的绿叶，千重子和真砂子既然来到这里，还是决定先去看看。

神护寺和高山寺，山坡都很陡峭。真砂子已经换上了初夏轻便的洋装，穿着平底鞋，这当然好，可是身着和服的千重子怎么样呢？真砂子瞧了瞧千重子，然而，看不出千重子很吃力的样子。

"干吗那样一直盯着我？"

"好漂亮啊！"

"好漂亮啊！"千重子站住了，俯视着清泷川，"本以为树林里更加郁闷，没想到这般清凉。"

"我……"真砂子抿着嘴笑，"千重子，我呀，我是在说你呢。"

"……"

"我是说，世上怎么会有这么漂亮的女孩儿呢？"

"真讨厌!"

"穿着朴素的和服,站在绿树丛中,千重子就显得这样美丽,要是换上鲜艳些的衣服,还会更加光彩照人啊……"

千重子穿的是暗紫色的和服,腰带是父亲毫不犹豫剪下印花绸幔子制作的那条。

千重子登上石阶。——神护寺里的平重盛①和源赖朝②的肖像画,即安德烈·马尔罗③称为世界名品的肖像画,那重盛脸上或其他地方微微残留的红晕,千重子是在想起以上这些时,听到了真砂子的话语;而且,千重子以前也曾多次听真砂子说过同样的话。

在高山寺里,千重子喜欢站在石水院宽阔的廊缘上,眺望对面的山容。她也喜欢欣赏开山祖明惠上人树上坐禅的肖像画。《鸟兽戏画》绘卷的复制品展开在壁龛一侧,两人坐在廊缘上,受到了献茶的招待。

真砂子没有从高山寺再向里面走过。这里是游客止步的地点。

---

① 平重盛(1138—1179),日本平安时代末期的武将,平清盛的长男。
② 源赖朝(1147—1199),日本镰仓幕府初代将军。
③ 安德烈·马尔罗(André Malraux,1901—1976),法国小说家、评论家。早年到远东游历,接触多国革命家。1958 年,曾担任法国总统府国务部长。主要著作有小说《纸月亮》《胜利者》和《王家大道》等。

千重子想起曾经跟父亲到周山赏樱花，采摘了笔头菜回家去。笔头菜又粗又长。而且，既然到了高雄，哪怕单独一人，也要走到北山杉村。——如今合并到市里，成为北区中川北山町，一百二三十户人家，称作村子，也许更合乎实际。

"我走惯了，还是走走吧。"千重子说，"再说，路也很好。"

陡峭的山峦逼近清泷川河岸，不大工夫，就看见了优美的杉树林。这笔直而整齐的杉树，是经过人工精心修整过的，一看便知。闻名的北山圆木，只有这个村子才能生产。

或许到了三点钟的工休时间，一群割草护林的女人从山上的杉树林里下来了。

真砂子伫立不动，盯着一个姑娘仔细瞧。

"千重子，那女子多像你呀，看，长得跟千重子一模一样。"

那姑娘一身蓝底碎白花窄袖衣服，襻着背带，下面套着劳动裤，系着围裙，戴着护手，而且蒙着手巾。围裙一直裹到背后，两侧开衩。只有背带和裤缝闪出的细带子才是红色的。别的姑娘也都是一样的打扮。

她们从头到脚打扮得和大原女①或白川女一模一样，不过这不是到城里卖东西时穿的，而是进山做活儿的劳动服。日本在山乡干活儿的妇女，都是这种穿戴。

"真像，简直不可思议。千重子，你再仔细瞧瞧。"真砂子又重复地说。

"是吗？"千重子并没有盯着看人家，"你呀，太冒失啦。"

"什么冒失？那样漂亮的人儿……"

"漂亮是漂亮，不过……"

"就像千重子的私生子呢。"

"胡说什么呀，冒冒失失的。"真砂子一经提醒，就感到自己太失言了，她捂住嘴忍住笑，"也有长得像别人的，可是也太离奇了呀！"

那姑娘，还有她的女伴们，都没有注意到千重子她们两个，从两人身边交肩而过。

那姑娘严严地蒙着头巾，只能瞥见额前的刘海儿，半边脸被遮住了。不像真砂子说的，能清楚看到她的长相。再说，也没有面对面瞧过。

还有，千重子到这村子来过好几次，看到男人们先把杉树圆木的表皮粗粗地扒下来，然后再由女人们仔细地剥

---

① 居住于京都北部大原地区，在京都市内头顶碳、柴叫卖的女性。

76

一遍，还要放到河水或温泉水里泡软，用菩提瀑布的砂子将圆木打磨光滑。这些加工作业都是在路旁或户外进行的，因此，那些姑娘的长相她还朦胧地记得。不过这座小山村里虽说没有多少姑娘，可她也不可能对每位姑娘的长相都认真观察一遍。

真砂子目送着女人们的背影，心里略略平静了。

"真奇怪。"她又絮叨起来，而且这回再次审视着千重子的脸，歪着头。

"还是很像呀！"

"哪儿像呢？"千重子问。

"这个嘛，感觉很像，至于哪儿像，还真说不明白。眼睛、鼻子……中京的姑娘和山里的姑娘，当然是不一样的。对不起。"

"干吗呀……"

"千重子，咱们跟在那姑娘后头，到她家瞅瞅去，怎么样？"真砂子依依难舍地说。

到那位姑娘家瞅个仔细，真砂子再怎么不拘小节，也只是嘴上说说而已，然而，千重子却放慢了脚步，仿佛站在原地，抬眼望着布满杉树林的山岭，又瞅瞅家家户户门口排列着的杉树圆木。

白杉的圆木，粗细一致，都磨得很光亮。

"像工艺品一样。"千重子说，"修建茶室似乎也会用。要卖到东京和九州去呢……"

圆木接近屋檐，排成整齐的一列，二楼也一样。有一家楼上一排圆木前面晒着衣服之类，真砂子好奇地看着，说：

"这家人也许就住在一排排圆木里面呢。"

"冒失鬼，这个真砂子……"千重子笑了，"圆木小屋近旁的房子，不是挺气派吗?"

"哦，楼上晒着衣服呢。"

"你说那姑娘像我，也只是随便说说玩的吧?"

"这是两回事。"真砂子认真起来，"我说你像她，你感到遗憾，是吗?"

"什么遗憾呀，根本不是……"千重子说罢，出乎意料，蓦然之间，那姑娘的眼睛浮现在眼前。那是一副朴实而健美的身姿，可是眸子里却沉淀着一粒又浓又深的哀愁。

"这个村庄的女子都很会干活儿。"千重子回避着什么似的。

"女人和男人一起劳动，也没什么稀罕的。庄户人家，还有卖菜的，卖鱼的，都一样……"真砂子轻松地说着，"像千重子这样的贵小姐，感到新奇吗?"

"我在家里，都是这么干的。你怎么样呢?"

"我呀，我不干活儿。"真砂子显得很坦然。

"劳动？说得轻巧，我真想让你瞧瞧这村的姑娘是怎么劳动的。"千重子又望望长满杉树的山峦，"似乎又到整枝的时候了。"

"什么叫整枝？"

"为了使杉树长得好，用砍刀把不要的枝子砍掉。有时用梯子，有时像猴子一样，从这棵树的树梢荡到那棵树的树梢……"

"那多危险！"

"有的人一大早就上树，中午吃饭才下来……"

真砂子抬头望着满山的杉林，那直挺挺的树干看上去实在壮美。树梢的一簇簇绿叶犹如精工雕刻一般。

山不高，也不深。山头上也整齐地排列着一棵棵杉树，举目可见。因为是用来建造茶室的木材，所以杉林的形态也呈现着茶室一样的景象。

清泷川两岸陡峭的山岩直逼狭窄的溪谷，雨量多，日晒少，这也是杉树这种名木得以茁壮生长的一个原因。风，也自然地被遮挡了。原来杉树一遇强风，就会向新一年年轮低弱的一边弯曲，歪斜。

村里的人家只是排列在山脚下或河岸上。

千重子和真砂子一直走到小村庄的尽里头，才折返回来。

有的人家在打磨圆木。浸在水里的圆木拖到河岸上，女人们便用菩提砂仔细研磨。那赭红色黏土般的砂子，据说是从菩提瀑布下面捞上来的。

　　"砂子要是用完了，怎么办呢?"真砂子问。

　　"一下雨，砂子随同瀑布一起流下来，堆在一起。"一个上了年岁的女子回答。她的话说得多自在! 真砂子想。

　　可是，正如千重子所言，女人们是整天闲不住手的。这是五六寸的圆木，大概是做柱子的吧?

　　——打磨过的圆木，经水洗净，晾干。再裹上纸，或用稻草捆扎，就可以发运了。

　　就连清泷川的河滩上，有的地方也种上了杉树。

　　看到山间并排生长的杉树和檐端罗列整齐的杉树圆木，真砂子联想到京城古老的房舍和一尘不染的土红色格子门。

　　村口，有个名叫"菩提道"的国铁①公共汽车站。往上走，也许就有瀑布了。

　　两人从那儿乘上回程汽车，沉默了一会儿，真砂子突然说:

　　"人世的女孩儿，要是能像杉树那样，挺直身子长大成人，该有多好!"

---

① 日本国有铁道的略称，为 1949 年设立的公共企业。1987 年，实行民营化改革，通称 JR。

"……"

"可惜，你我都得不到那样的精心栽培和护理呀。"

千重子忍不住要笑出来。

"真砂子，有过约会吗?"

"嗯。有过。坐在加茂川水边的青草里……"

"……"

"木屋町的纳凉床①增加了好多客人，都掌灯了。因为我们背对着他们，那些人不知道我们是谁。"

"今晚上……"

"今晚上七点半有约会，天还没黑呢。"

千重子对真砂子的这种自由，十分羡慕。

千重子和父母，一家三口坐在面临中庭的后院客厅里吃晚饭。

"今天，岛村君送来了一大盘瓢正饭馆的竹叶寿司，所以我在家里就做了一个汤，对不起，请凑合着吃吧。"母亲对父亲说。

"是吗?"

鲷鱼竹叶寿司是父亲最爱吃的。

---

① 京都木屋町鸭川，每逢夏季，沿河岸人家的露台上铺设木板供游
　人夜间纳凉宴乐。

“主勺厨师回来稍晚些……”母亲指的是千重子，“又去看北山杉啦，和真砂子一起……”

“唔。”

伊万里①瓷盘里满满地盛着竹叶寿司，包成三角形。剥去竹叶，上面搭着一块薄薄的鲷鱼。汤碗里主要是汤叶②，加了少量的蘑菇。

就像大门的土红格子一样，太吉郎的店，也还残留着几分京城批发商的古风。不过，如今成了公司，主管、伙计也都变成职员，大部分人改作每天从家里来上班。近江来的两三个学徒工，住在面朝街道有着小椴窗的二楼上，晚饭时分，后院很安静。

“千重子很喜欢到北山杉村去呢。”母亲说，“为什么呀？”

“那杉树，高大、挺拔，非常好看。我想，要是人心都这样，那有多好！”

“不是跟千重子一个样吗？”母亲说。

“不，我是弯曲的，歪斜的……”

“瞧，是这样的。”父亲插嘴说，“不论多么正直的人，都会有各种想法的。”

---

① 佐贺县西部伊万里以产瓷器著称。
② 即汉语中的腐竹，俗称豆腐皮儿。

"……"

"这也没有关系嘛，像北山杉一样的孩子固然可爱，哪里会有啊？就是有，不知什么时候，也会遇到意想不到的事情。即使树，就算也会弯曲、歪斜，只要能长大就好。爸爸就是这么个想法……喏，看那窄院里的老枫树。"

"千重子这么好的孩子，对她说些什么呢？"母亲有点儿不高兴了。

"知道，知道。千重子是个正直的姑娘……"

千重子转向中庭，沉默了好一阵子。

"看到这棵枫树那样坚强，可千重子呢……"她声音里含着悲戚，"差不多是树干的凹窝里长出的紫堇花吧。啊，那紫堇花不知打何时就消失啦。"

"是啊……明年春天，一定还会再开的。"母亲说。

千重子低着头，目光停在枫树根部的切支丹灯笼上。屋里的灯光照过去，虽然看不清风雨剥蚀的圣像，她还是想祈祷一番。

"妈妈，我究竟是在哪里生的?"

母亲和父亲对望了一下。

"祇园的樱花树下呀。"太吉郎果断地说。

说什么在祇园的樱花树下生的，这就像《竹取物语》里的赫奕姬生在竹节里，不就和神话一样吗?

正因为如此，父亲反而更这样说。

假如生在樱花树下，也许就像赫奕姬一样，月宫里或许会有人来接我回去吧？千重子想到了一个轻松的玩笑，但她没有说出口。

不管是拾来的还是抢来的，千重子生在何处？父母不知道，千重子的生身父母也未必知道。

千重子后悔不该打听这件不愉快的事，但她觉得，还是不道歉为好。那么，为什么会突然问起来呢？她自己也不清楚。也许因为她想起了真砂子说的，北山杉村那位姑娘和自己长得很相像……

千重子目无所指，她望着老枫树的上面。天空一派明净，是月亮出来了呢，还是闹市的灯火映照的缘故呢？

"天空的样子也逐渐像夏季啦。"母亲阿繁也抬头看看，"喏，千重子，你就是在这个家里生的，虽然不是我生的，但是就生在这个家里。"

"是的。"千重子点着头。

——正如千重子在清水寺对真一说的，她不是阿繁夫妇从观赏夜樱的圆山抱来的婴儿，而是被扔在店门口的孩子。抱她回家的是太吉郎。

这是二十年前的事了，太吉郎三十来岁，是个游手好闲的主儿。妻子没有立即相信丈夫的话。

"说得好听……指不定是你跟艺妓生的孩子，叫你带回来的。"

"胡说!"太吉郎变脸了:

"仔细看看孩子的衣服,这能是艺妓的? 哎,是艺妓生的吗?"说着,把孩子杵到妻子面前。

阿繁接过孩子,将自己的面颊贴在婴儿冰凉的小脸儿上。

"这孩子怎么办呢?"

"到后院慢慢商量吧。还犹豫什么?"

"刚刚生下来呀。"

不知道父母是谁,所以不能称养女,户籍上登记的是:太吉郎夫妇亲生女儿,名叫千重子。

俗话说:"以人之子,诱我之子。"——抱了别人的孩子,自己也能生孩子了。可阿繁没有做到。所以,千重子作为独生女儿长大成人,备受宠爱。随着岁月的流逝,太吉郎夫妇不再为孩子被什么人遗弃而烦恼不安,千重子生身父母的生死也无人知道了。

——晚饭后只需简单地收拾一下,将竹叶扔掉,汤碗洗干净,全由千重子一人承担。

然后,千重子把自己关进后院楼上的寝室,打开父亲带到嵯峨尼寺去的保罗·克利的画集、夏加尔的画集观看。她睡着了,不久就"啊,啊"大叫,千重子被一场噩梦惊醒过来。

"千重子，千重子!"母亲在隔壁呼喊，没听到千重子回答，她就打开了隔扇。

"你刚刚大叫来着，"母亲进来问，"是做梦?"

她坐到千重子身旁，扭亮枕畔的电灯。

千重子坐在被窝里。

"哎呀，满身的汗!"母亲从千重子的镜台上拿来一条纱布手巾，给千重子擦擦额头，再擦擦胸脯。千重子任母亲摆布。多么白嫩的胸脯啊！母亲想。

"来，再把胳肢窝擦擦吧。"说着，把手巾递给了千重子。

"谢谢，妈妈。"

"梦很可怕吗?"

"嗯。梦见从高处跌落下来……一下子掉进了一团可怕的浓绿之中，深不见底。"

"这梦很多人都会做。"母亲说，"一掉下去就没个底儿。"

"……"

"千重子，小心别着凉了，换换睡衣吧?"

千重子点点头，心里还没平静下来。她想站起身，两条腿不由趔趄了一下。

"哎，哎，妈妈来拿吧。"

千重子坐着，羞涩而利落地换了睡衣，把先前的那件叠一叠。

"不用啦，反正要洗的。"母亲接过去，扔进墙角的衣架①上。然后，又坐到千重子的枕畔。

"不过一个噩梦……千重子，没有发热吧?"她把手心贴在女儿额头上，倒是冰凉的。

"唔，一下子走到北山杉村，也许太累了吧?"

"……"

"脸色很不好，妈妈来陪你睡。"母亲要把床铺搬过来。

"谢谢妈妈……我已经好些了，您放心地休息吧。"

"是吗?"母亲说着，钻进千重子的被窝。千重子挪了挪身子。

"千重子，你都这么大了，妈妈不能抱在怀里睡觉啦，多么没意思呀!"

母亲先安然入睡了。千重子怕母亲肩头受凉，用手摸了摸，关了灯。千重子没有睡着。

千重子做的梦长着呢，对母亲说的只是结尾。

开始不是真正的梦，而是恍惚于似梦非梦之间，反倒很快活。她想起今日和真砂子去北山杉村的情景。真砂子

---

① 原文为"衣桁"（ikou）。室内晾挂衣物木架，门型，近顶部有横木。有单门独立，底部加平行木支撑；亦有屏风型双门或多门，成直角或锐角曲折联立。

说很像千重子的那位姑娘，比起在村子里时更加离奇怪诞了。

梦的结尾，她掉进一团浓绿之中，那绿色抑或就是印在心底的长满杉树的山峦。

鞍马寺的伐竹会，是太吉郎喜爱的一项庆典活动，因为富有男子汉气概。

对于太吉郎来说，年轻时多次看过，并不觉得稀奇，但还是想带女儿千重子去一趟。何况今年因紧缩经费，十月里鞍马的火祭也不一定举行了。

太吉郎记挂着会不会下雨。伐竹会是六月二十日，正值梅雨季节中间。

十九日的一场雨下得较大。

"雨这样一直下着，明天总该放晴了。"太吉郎不时望望天空。

"爸爸，下点雨怕什么。"

"虽说不怕。"父亲说，"但天气不好，总是……"

二十日，雨又淅淅沥沥下起来了。

"把门窗关紧些，要是潮气进来，会使绸缎衣服长霉的。"太吉郎对店员们说。

"爸爸，不去看鞍马了吗?"千重子问父亲。

"明年还会有的，算了吧。雾浑浑的鞍马山……"

——参加伐竹的人不是和尚，主要是乡人，称为"法师"。十八日就要做伐竹的准备，将雄竹和雌竹各四棵，横着绑在竖立于本堂两侧的圆柱上。雄竹去根留叶，雌竹的根子保留不动。

面向本堂，左为丹波座，右为近江座。这是沿袭过去的称呼。

当班的家中人，着传统素纱服，穿武士草鞋，襻玉带，插两把刀，头戴五条袈裟的黑白头巾，腰间披着南天竹叶。伐竹的砍刀装在锦囊里。然后，由开道者引领，走向山门。

午后一点左右。

一长老着僧袍，吹螺号，伐竹开始。

两稚儿齐声对管长喧呼：

"恭贺伐竹之神事！"

接着，稚儿进入左右两座，各自赞曰：

"美哉，近江之竹！"

"美哉，丹波之竹！"

理竹者首先砍掉绑在圆柱上的粗大的雄竹，修整一番。细长的雌竹原样不动。

稚儿对管长报告：

"理竹终了。"

僧众进入本堂诵经，撒夏菊花，替代莲花。

管长降坛，张桧扇，上下各扇三回。

"嚯——"随之一声吆喝，近江、丹波两座各出二人，将竹子砍成三段。

太吉郎本想让女儿看看这种伐竹的庆典，因下雨而正在犹豫不定时，秀男腋下夹着包袱进了格子门。

"小姐的腰带，我终于织成啦。"他说。

"腰带……"太吉郎怪讶地问，"我女儿的腰带吗?"

秀男稍微后退一些，郑重地行礼。

"是郁金香花纹的……"太吉郎淡淡地说。

"不，是您在嵯峨尼寺里画的……"秀男认真地应和道。

"那个时候，我年轻气盛，对待佐田先生实在太失礼啦。"

太吉郎心里暗暗惊奇:

"哪里，我只是画着玩玩罢了。经秀男君一番指点，这才明白过来。还得谢谢你呢。"

"我把那副腰带织好，就送来啦。"

"哦?"太吉郎更是惊诧不已。

"那个画稿，让我揉作一团，扔到你家附近的小河里啦。"

"您扔啦……是吗?"秀男依然不动声色，显得十分沉着，"只要我看过一遍，就印入头脑里啦。"

"到底是生意人啊。"说着，太吉郎神色黯淡下来。

"可是，秀男君，我扔到河里的画稿，你干吗还给我织出来呢？哎，你说，为什么还要织啊？"太吉郎絮絮叨叨没个完，心里充满一种既说不上悲戚也说不上恼怒的情绪。

"你不是说那画稿不很协调、粗疏而带有病态吗？——秀男君，这不是你说的吗？"

"……"

"所以呀，我一跨出你家门口，就将画稿扔到小河里啦。"

"佐田先生，请先生务必包涵。"秀男再一次拱手道歉。

"当时，我呀，被迫织了一件很无聊的东西，很疲倦，心里烦躁不安呀。"

"我的头脑也是一样。嵯峨的尼寺，僻静倒是僻静了，只有一个老尼，白天雇了个婆子来料理一下。好寂寞，好寂寞哟……再加上，店里的生意一天不如一天。听了你那番话，我觉得很有道理。再说，我这个批发店老板，没必要非自己打画稿不行。那种时新的画稿……可也是啊。"

"我也有各种想法。在植物园遇见小姐之后，我又在思考。"

"……"

"腰带，能看看吗？如果不中意，请当场就用剪刀铰碎。"

"嗯。"太吉郎答应了。"千重子，千重子！"他呼唤女儿。

千重子正在账房里和主管坐在一起，听到喊声走了过来。

眉毛浓密的秀男，嘴唇紧闭，脸上充满自信。可他那解开包袱的手指微微颤抖着。

秀男不便再对太吉郎说什么，他转向千重子：

"小姐，请看看吧。这是您家父亲设计的图案。"他把卷在一团儿的腰带递过去。他的神情十分拘谨。

千重子把和服腰带稍稍拉出一头来。

"哦，这是爸爸从克利画集受到启发想出来的，是在嵯峨画的吗？"说着，她拉到自己的膝头上，"呀，真好看！"

太吉郎苦着脸，一句话不说。他没想到，秀男竟然能把自己的图案记在脑子里，这使他甚感震惊。

"爸爸。"千重子喜不自胜，"真的是一条好腰带啊！"

"……"

她摸摸腰带的料子，对秀男说："织得挺紧密的。"

"嗯。"秀男低着头随口应了一声。

"我想在这里摊开来看看，可以吗？"

"嗯。"秀男回答。

千重子站起来，在两人的面前将腰带展开，她扶着父

画 | 伊东深水

亲的肩膀，站在原地欣赏。

"爸爸，怎么样？"

"……"

"不是蛮好看的吗？"

"真的好看吗？"

"是呀，谢谢爸爸！"

"再仔细瞧瞧嘛。"

"这是新式的花样，当然还要同和服相配。可是，到底是一条好腰带啊。"

"是吗？好吧，你要是满意，就向秀男君道个谢吧。"

"秀男师傅，谢谢您啦。"千重子跪在父亲身后，向秀男行了礼。

"千重子，"父亲招呼着，"这腰带协调吗？就是心理的协调……"

"哦？什么协调？"千重子被突然这么一问，又瞧了瞧腰带，"要说协调，还要看配什么样的和服，什么人穿呢……但是，眼下偏偏时兴穿那种打破协调的衣服呀……"

"唔。"太吉郎点点头，"你知道吗？千重子，秀男君看画稿时，他说不协调。所以，我把那画稿随手扔到他家附近的小河里冲走啦。"

"……"

"谁知，一看秀男君织的腰带，心想，这不就和我扔掉的画稿一样吗？虽然，颜料、彩线稍微有些不同。"

"佐田先生，请多多包涵。"秀男双手伏地道歉。

"小姐，我有个很冒昧的请求，能不能系上腰带让我瞧瞧呢？"

"这件和服……"千重子站起身来，系上了腰带。刹那之间，千重子立即显得容光焕发起来。太吉郎脸色也变得柔和了。

"小姐，这是伯伯的杰作啊。"秀男的眼睛闪耀着光辉。

祇园祭

千重子提着一只大购物篮子走出店门。她向北穿过御池大道，到麸屋町的汤波半去。从睿山到北山，天空里一片火红。她站在御池大道上，抬头眺望了好大一会儿。

夏日天长，还不是出晚霞的时候，但广袤的天空颜色并不单调，看上去像一团团烈焰。

"也有这样的景色啊，今天是头一回看到。"

千重子掏出小镜子，在强烈的云色里照照自己的脸。

"不要忘记，一生都不要忘记……人呀，全凭一副好心情。"

睿山和北山被这种光焰所压抑，显得更加郁郁青青。

汤波半已经做好了汤叶、牡丹汤叶和八幡卷。

"欢迎小姐光临，祇园祭里忙得不得了啊，只好先照顾老主顾啦。"

这家老店平时只接受订货。在京都点心铺中，也有这样的店铺。

"又过祇园祭了，谢谢多年来的照顾。"汤波半的女店员把千重子的篮子装得满满的。

所谓"八幡卷"，很像鳗鱼的八幡卷，就是在汤叶里放入牛蒡裹起来。"牡丹汤叶"，很像炸豆腐丸子，在汤叶里包上银杏等。

这家汤波半，是所谓"咚咚烧"大火灾中未遭焚毁的二百年前的老铺，有的地方略加改建……例如，小天窗镶上了玻璃，制造汤叶的炕床式的地炉，重新用砖头砌成。

"以前使用木炭，煮豆浆时，一点火炭灰就不断飘入汤叶，现在改烧锯末了。"

"……"

一排四方形的大铜锅，当表层的汤叶凝结以后，用竹筷轻轻挑起来，挂在上面的细竹竿上晾晒。随着汤叶渐渐变干，逐步上移。

千重子走进作业场里间，手扶在古老的房柱上。她和母亲一到这里来，母亲总是一遍又一遍抚摸这根大黑柱子。

"这是什么木头的?"千重子问。

"是桧树。长得高大，挺拔……"

千重子在柱子上抚摸了一会儿，出了店门。

千重子往回走，一路上，排练祇园祭的音乐越来越响亮。

从远方来的游客，一般都认为祇园祭就是七月十七日那天的彩车巡行。他们都赶在十六日晚上的前夜节之前来到这里。

但是，实际上可以说，祇园祭的庆典活动，整个七月里随时都在进行。

七月一日，各个彩车经过的街上，举行"祈吉符仪式"，然后演奏节日音乐。

真人稚儿乘坐的长刀彩车，每年都是巡行的先头，其他彩车的排列顺序，于七月二日至三日，由市长主持通过抽签决定。

彩车在前一天装点好，其实七月十日的"洗御舆"就是庆典的序曲了。"洗御舆"在鸭川的四条大桥举行。说是"洗"，其实只由神官把杨桐枝在水里浸一浸，洒在舆轿上罢了。

接着，十一日，稚儿参拜祇园社①。这是乘坐长刀彩车的稚儿。他会骑马，戴黑礼帽，穿礼服，率童子二人，被授予五位少将之位。五位以上称殿上人②。

---

① 即下文的八坂神社，供奉祇园祭神的社寺。建立于"神佛混交"时期，故又称祇园寺或祇园感神院。
② 登殿侍奉天皇的官员。

97

过去神佛混杂，稚儿左右的童子分别扮作观音和势至两菩萨。有时，稚儿也为神授位，以此比作稚儿和神举行婚礼。

"哪有这样的怪事？我可是个男人呀！"水木真一扮稚儿的时候这么说过。

稚儿必须"别火"，就是说，要和家人分别生火做饭。因为吃的东西要洁净。但是，现在省略了，只要在做稚儿的食物时用火石打火就行。家里人要是忘了，稚儿自己就催促道："打火，打火！"传闻里有这个说法。

总之，稚儿不是一天巡行就算完事的，他还要参加各种各样的活动，十分辛苦。他必须到彩车经过的街道挨家挨户致意。节日一个月，稚儿也随着劳累一个月。

比起七月十七日的彩车巡行，京都人早从十六日晚间的前夜节品尝了节日的情趣。

祇园会的那一天临近了。

千重子的店里也拆掉门前的木格子，忙着做过节的准备。

千重子是京都姑娘，家里的批发店又在四条大道附近，也是八坂神社的氏子①，祇园祭是每年必到的，她已经不

---

① 受到守护神护佑的民众。

稀罕了。这是炎热的京都夏天里的一项庆典活动。

最使她怀念的，是乘在长刀彩车上的真一稚儿的身影。一到节日，一听到祇园音乐响起，一看到彩车周围坠着众多明亮的灯笼，他的身姿便骤然浮现。当时，真一和千重子都才七八岁呢。

"就算是女孩子里，长得那么漂亮的从来没见过。"

真一拜谒祇园社，被授予五位少将之位，千重子一直跟着。彩车巡行，她也跟着看。扮演稚儿的真一，领着两个儿童①，也到千重子的店里祝贺节日。

"千重子，千重子!"听到喊声，千重子飞红了脸蛋儿瞧着他。真一化妆，搽口红，而千重子的脸却被太阳晒黑了。连接土红木格子的座凳倒在地面，浴衣上系着三尺带的千重子，正在和邻里的孩子们一起放线香焰火。

眼下，音乐声里，彩车的灯光里，仍然有个稚儿真一的影子。

"千重子，你去前夜节吧?"晚饭后，母亲对千重子说。

"妈妈呢?"

"妈妈有客人，走不开。"

千重子走出家门，加快了脚步。四条大道人头攒动，走不过去了。

---

① 原文为"禿（kamuro）"，辅佐稚儿的彩衣短发儿童。

但是，千重子清楚地知道，四条大道哪里有什么样的彩车，哪个巷口会通过什么样的彩车，所以她还是随地转了一圈儿。依然那般豪华艳丽。各个彩车上鼓乐喧阗，随处可闻。

千重子来到"御旅所"① 前，要了蜡烛，点着火，供在神前。庆典活动期间，八坂神社的神也被请到御旅所了。御旅所位于新京极到四条的路口南侧。

在御旅所，千重子发现一个"七度拜"的姑娘。虽然是背影，但一眼就看到了。所谓"七度拜"，就是从御旅所神前，来来往往，连拜七回。这当儿，即使遇到熟人，也不许打招呼。

"呀！"千重子似乎记起了那个姑娘，好像被她邀请似的，千重子也开始进行"七度拜"了。

姑娘向西走走，回到御旅所前，千重子相反，向东走走，再回来。然而，那姑娘却比千重子拜的时间长，心也显得更虔诚。

姑娘拜完了七次，千重子来往的间距没有姑娘的远，所以几乎是同时结束的。

姑娘出神地凝视着千重子。

"您刚才祈祷什么？"千重子问她。

---

① 神社举行祭礼时，神舆出行时临时停驻的地方。

"您都看见啦?"姑娘的声音震颤着,"我想知道姐姐的下落……您,就是姐姐吧?是神把我们引到一起来啦!"姑娘的眼里溢满泪水。

她就是那位北山杉村的姑娘。

御旅所前接连不断地排列着献灯,加上参拜的人们点燃的蜡烛,神前一派光明。姑娘的泪水虽然并不在意这样的光亮,但那明亮的灯火却煌煌然留驻在姑娘的心底里。

千重子凭借一种坚强的毅力克制自己。

"我是独生女儿,没有姐姐,也没有妹妹。"她说罢,脸色苍白。

北山杉的姑娘抽抽噎噎哭起来。

"我知道啦,小姐,很对不起,请原谅。"她重复地说着,"姐姐,姐姐,我从小就这么念叨过来,常常认错人……"

"……"

"因为是双胞胎,我也不知道是姐姐,还是妹妹……"

"也有长得很像的人啊。"

姑娘点点头,眼泪打湿了双颊。她掏出手帕,"小姐,您生在哪里……"

"这附近的批发商街。"

"是吗?您向神祈求什么呢?"

"祈求父亲和母亲幸福、健康。"

"……"

"您的父亲……"千重子问。

"那是很久以前的事了……他在北山杉树林里整枝，从一棵树荡到另一棵树的时候，不小心掉下来了，摔到身子要害的地方……这是我听村里人说的，那时我刚生下来，什么也不知道……"

千重子不由心里一惊。

——我老想去那座村子，我喜欢眺望满山美丽的杉树，这不正是父亲灵魂的召唤吗？

这位山里姑娘说她是双胞胎，自己的生身父亲也许在杉树梢上想念丢弃的千重子，一不留神摔下来的吧？一定是这样。

千重子的额头上渗出了冷汗。四条大道人们杂沓的脚步和祇园祭的音乐，似乎消失到远方，眼前随之黯淡下来。

山里姑娘把手搭在千重子的肩膀上，她用手帕给千重子擦擦前额。

"谢谢。"千重子接过手帕揩了一下脸，无意中把手帕装进了自己的口袋。

"您妈妈呢……"

"妈妈也……"姑娘支支吾吾，"听说我生在妈妈的娘家，那地方更是深山坳，比杉树村还远。妈妈她也……"

千重子不再问下去了。

北山杉村来的姑娘流的自然是喜悦的泪水，她止住眼泪，脸上闪烁着光辉。

千重子呢？她伫立不动，两腿发颤，心里像一团乱麻。待在这里，是无法平复下来的。唯一支撑着自己的是这姑娘健康而美丽的形象。千重子没有像姑娘一样欣喜非常，她的眼里似乎深深含蕴着一丝忧愁。

今后怎么办呢？她一时感到迷惘。

"小姐。"姑娘喊了一声，伸出右手，千重子一把握住了。这是一只皮肤粗糙的手，和千重子柔嫩的手完全不同。然而，那姑娘毫无觉察，她攥得紧紧的。

"小姐，再见。"她说。

"哦？"

"啊，真高兴……"

"您叫什么名字？"

"我叫苗子。"

"苗子小姐？我叫千重子。"

"我现在当雇工，村子很小，只要问起苗子，立即就能找到。"

千重子点点头。

"小姐，您很幸福啊。"

"嗯。"

"今晚见面的事儿，我谁也不会告诉的，我发誓，知道的只有御旅所的祇园神仙。"

虽说是双胞胎，身份不一样，苗子似乎也懂得这一点。千重子想到这里，说不出话来。但是，被丢弃的不正是自己吗？

"再见，小姐。"苗子又说了一遍，"趁人家没看到……"

千重子心情很沉重。

"我家店就在附近，苗子小姐到店前走走，顺便看看吧？"

苗子摇摇头，又问："您家里人……"

"我家里吗？只有父亲和母亲……"

"不知为什么，我也猜到了，您是他们的宝贝女儿啊。"

千重子拽着苗子的衣袖。

"不能久久站在这里啊。"

"可不是嘛。"

苗子再次转向御旅所，恭恭敬敬拜了一拜，千重子也慌忙学着她那样做了。

"再见。"苗子第三次道别。

"再见。"千重子应道。

"还有好多话要说，什么时候到村里来吧，躲进杉树林里谁也看不见。"

"谢谢。"

她们两个若无其事地穿过人流，向四条大桥走去。

八坂神社的氏子很多。即使前夜节以及十七日的彩车巡行结束了，还有许多庆典活动。店铺一直敞开着，摆上屏风。过去曾有初期浮世绘①、狩野派②、大和绘③和宗达的一双屏风。肉笔浮世绘④中也有南蛮屏风，典雅的京都风俗画里也有外国人。这些都表现了京都町人的繁盛之势。

如今，这些东西都存留于彩车里了。使用的材料都是进口的中国织锦、法国挂毯、毛呢、金襕缎、缀锦刺绣。一派绚烂的桃山⑤风格中，也加进了从对外贸易中获取的异国之美。

彩车内部也都是各个时代知名画家的作品。长矛似的铁柱，相传顶端是朱印船⑥的桅杆。

祇园音乐，简单地说就是"咚咚锵铿锵"。实际有二十

---

① 江户时期发展起来的民众风俗画。

② 以狩野正信为始祖的画派。

③ 以日本风物为内容的绘画，以此区别于"唐绘"（中国画）。

④ 不同于版画浮世绘，直接在纸上创作的浮世绘作品。

⑤ 16 世纪末叶丰臣秀吉掌握政权的二十年间，史称安土·桃山时代。

⑥ 获得盖有朱印证书，允许进行海外贸易的日本船。

六种，似壬生狂言①音乐，亦似雅乐。

前夜节上有好多彩车，装饰着一串串灯笼，音乐也很响亮。

四条大桥以东，虽然没有彩车，但是一直到八坂神社都装点得花枝招展。

千重子一迈进大桥路口，就淹没在人群中，稍稍落在苗子的后面。

"再见！"苗子招呼了三遍。就在这里分别了吗？是否领她从"丸太"商店前面经过，或到附近看看，告诉她店的位置呢？她一时犹豫起来。千重子对于苗子，蓦然涌起一股温暖的亲情。

"小姐，千重子小姐！"苗子走到大桥中间，秀男喊着追了上来，原来秀男把苗子当成千重子了。"您来看前夜节啦？怎么一个人……"

苗子一时摸不着头脑。但是，她并没有回头看千重子。

千重子一怔，躲进人群里了。

"呀，天气真好……"秀男对苗子说，"明天也会好，星星很多啊……"

苗子抬头看着天空。其间，她不知如何对应。不消说，苗子不认识秀男。

---

① 每年 4 月在京都壬生寺演出的狂言剧。

"上回我对伯伯太失礼啦，那幅腰带图案很好啊。"秀男对苗子说。

"嗯。"

"伯伯回去没再生气吧？"

"嗯。"苗子一片茫然，她无法回答。

苗子的目光依然没有转向千重子。

苗子迷惘了，千重子要是可以和这个青年男子见面，她应该自动跑过来才是啊！

这个男子头大，肩宽，目光沉滞，但在苗子眼里，绝不像恶人。他提起腰带的事，看来，可能是西阵的织匠吧？长年坐在高机上织锦，那体形多少可以看得出。

"我太年轻啦，对伯伯的图案说了些不该说的话。考虑了一个晚上，还是决定织出来。"秀男说。

"……"

"您没有系在腰上试试吗？"

"嗯。"苗子暧昧地应和着。

"您怎么啦？"

大桥上面不如大街那般明亮，两人又被汹涌的人流挤来挤去。尽管这样，秀男认错了人，这使苗子甚感奇怪。

一对孪生姐妹，要是在同一个家庭里长大，也许很难辨别，可是千重子和苗子两重天地，两种生活。苗子想，这位男子莫非是近视眼吧？

"小姐，我打算用我的构想，为您精心织造一条腰带，当作您二十到三十岁这段时期的纪念，好吗？"

"嗯，谢谢。"苗子支支吾吾。

"能在祇园祭的前夜节见到您，这都是托神的福，说不定神也会帮助我织好这条腰带的。"

"……"

千重子不想让这位男子知道自己是双胞胎，所以她才不到这里来的吧？苗子只能作如是想。

"再见。"苗子对秀男说。秀男有些出乎意料。

"哎，再见。"他答应一声，"腰带就这么说定啦。争取赶上红叶季节……"他又叮嘱了一句，就离开了。

苗子的眼睛搜寻着，早已不见千重子的身影了。

刚才见到的青年男子，还有他提到的腰带，苗子并没有特别在意，她只为能在御旅所前和千重子邂逅而感到庆幸，以为这全是托神的福。她抓住大桥栏杆，久久望着灯影晃荡的河面。

然后，她悠悠然迈步出了桥口，打算到四条大道尽头的八坂神社去。

刚走到大桥中央，发现千重子正站在那里和两个青年男子说话。

"哦。"

苗子独自轻轻惊叫了一声，没有走过去。

她装作毫不在意地瞅了瞅站在那里的三个人。

苗子和秀男究竟谈了些什么呢？千重子想。秀男无疑是把苗子当成千重子了，可是苗子是怎样回复他的呢？不消说，苗子对这些一定很纳闷。

千重子是可以到他们身边去的，但她没有这么做。不仅如此，当秀男对苗子喊着"千重子"的时候，她猝然藏到人群里去了。

这是为什么？

千重子在御旅所遇见苗子，她心潮澎湃，比苗子更加激动不已。苗子说她早就知道自己是双胞胎，正在寻找这个姐姐或妹妹。然而，千重子做梦也没料到这一点。苗子发现千重子的那份喜悦，对于毫无心理准备的千重子来说，她不可能立即就能感受得到。

还有，自己的生身父亲从杉树上摔下来，生养自己的母亲也早已不在人世了。千重子第一次从苗子那里听到这些，她心如刀割。

以往，千重子只是偶然从街坊邻里的议论中知道自己是个弃儿，至于父母长什么样，又是哪儿的，尽量不想这类问题。想也想不明白，再说，也没有深究的必要。太吉郎和阿繁对于她，恩重如山。

今夜的前夜节上听到苗子的话，对于千重子来说，未必值得庆幸。但是，对于苗子这个亲姐妹，还是萌生了温暖的情爱。

"看样子，她心灵比我更清纯，能吃苦耐劳，身体也很健壮。"千重子喃喃自语，"说不定有一天，还要指望着她呢……"

她神情恍惚地走在大桥上。

"千重子，千重子!"真一在叫她，"干吗一个人呆呆地走着? 你脸色不好啊!"

"哦，真一。"千重子回过神来，"真一扮稚儿坐在长刀彩车上时，那样子好可爱呀。"

"那时候苦死啦。现在想想还挺怀念的。"

真一有个伴儿。

"这是我哥哥，正在读研究生。"

真一的这位哥哥很像弟弟，他大大咧咧地朝千重子点一下头。

"真一小时候是个胆小鬼，很可爱，长得像女孩子一样漂亮，所以老是被拉去当稚儿，简直是傻瓜一个。"哥哥说罢大笑起来。

他们走到大桥中间，千重子看着哥哥刚毅的面庞。

"千重子，你今晚上脸色苍白，好像很悲伤啊。"真一说。

"或许是大桥中央灯光不同的缘故吧?"千重子说着停住脚步。

"再说,这前夜节人来人往,大家都是匆匆忙忙的,谁会注意一个女孩儿家是否悲伤呢?"

"这样不行啊。"真一把千重子推到桥栏杆上,"稍微靠一靠吧。"

"谢谢。"

"河面上也没有风,不过……"

千重子用手支着前额,闭上了眼睛。

"真一君,你扮稚儿坐在长刀彩车上的时候,是几岁来着?"

"唔,好像是虚岁七岁,上小学前一年吧……"

千重子点点头,沉默不语。她想擦擦额头和脖颈上的冷汗,将手伸进口袋里,那里是苗子的手帕!

"啊。"

这手帕被苗子的眼泪打湿了,千重子握在手里,该不该掏出来呢?她一时犯了踌躇。她把手帕团在手心里,揩了一下额角,泪水不由涌流出来。

真一露出怪讶的神色。他知道千重子不会将手帕那样揉成团儿放入口袋的,他了解她的性格。

"千重子,热吗?打寒战啦?要是热伤风就糟啦,早点儿回家吧……我们送你,好吗?哥哥。"

真一的哥哥点点头，他刚才一直盯着千重子看。

"路很近，不用送啦……"

"路近就更要送送啦。"真一的哥哥很干脆。

三人从大桥中间折回去。

"真一，你扮稚儿乘坐彩车巡行时，我一直在后头跟着走呢。你真的知道吗?"千重子问。

"记得，记得。"真一回答。

"那时还很小吧?"

"是很小嘛。稚儿要是怯生生地东张西望，很不像样子。可是心里老想着，后头跟着一个小姑娘。真是太难为你啦，被人挤得好苦……"

"现在再也不能回到小时候啦。"

"说些什么呀?"真一轻轻躲过她的追问，他怀疑，今晚千重子到底怎么了。

送到千重子家的店里之后，真一的哥哥向千重子的父母郑重行了礼，真一一直站在哥哥身后。

太吉郎在里屋，同一个客人饮节日酒。他没怎么喝，只是陪客。阿繁忙里忙外地伺候着。

"我回来啦。"千重子打了招呼，母亲对她说："回来得很早嘛。"她瞅瞅女儿的神色。

千重子向客人郑重地行了礼。

"妈妈，我回来晚啦，也没能帮帮您……"

"好啦，好啦。"母亲阿繁用眼睛对千重子轻轻示意了一下，便同千重子一起去厨房端烫好的酒。

"千重子，瞧你心神不定的样子，他们不是把你送回来了吗？"

"是真一和他的哥哥……"

"我说是吧。你脸色不好，好像晕晕乎乎的。"阿繁用手试试千重子的额头，"虽说没有热，也挺可怜的。今晚有客，你跟妈妈一起睡吧。"母亲说着，很体贴地搂住千重子的肩膀。

千重子眼里渗出一粒泪珠，她强忍住没掉下来。

"你先到里院的楼上歇着吧。"

"知道啦，谢谢妈妈……"千重子在温暖的母爱里，心情放松了。

"爸爸因为客人少，也很寂寞。吃晚饭时倒有五六位呢……"

千重子端来了酒铫子。

"已经酒足饭饱了，再喝上一杯够啦。"

千重子斟酒的手不住哆嗦，她又加上左手，可还是微微抖动。

今夜，中庭里的切支丹灯笼点上了火。老枫树凹窝里的两株紫堇也隐约可见。

花儿已经不见了，这上下两株小小的紫堇，就是千重子和苗子吧？两株紫堇看来似乎不会见面，可是今天晚上不是见到了吗？千重子朦胧之中望着两株紫堇，眼眶里又噙满了泪水。

太吉郎也觉得千重子有点儿心事，他不时看看千重子。

千重子悄悄走开了，她登上里院的二楼。平时的住房里，也铺上了客人的床铺。千重子从壁橱里拿来自己的枕头，钻进了被窝。

她抽抽噎噎地哭了，为了不让外面听到，她的脸抵在枕头上，双手抓住枕头的两端。

阿繁上了楼，看到千重子的枕头湿了。

"喏，等会儿换换吧。"她给千重子拿出了一个新枕头，又立即下楼去了。她站在楼梯中间，回头看了看，什么也没说。

房间里是能铺下三张床的，可是只铺着两张。而且这一张是千重子的床。母亲似乎打算睡在千重子的床上。床铺的另一头，叠放着母亲和千重子盖的两条麻布被单。

阿繁没有铺自己的床，而是铺好了女儿的床，这本来是小事一桩，可是千重子却感受到了母亲的一份心意。

于是，千重子止住了眼泪，心情也平静下来。

"我是这家的孩子。"

千重子本来已经想明白了。可是见到苗子之后．她又心烦意乱，久久不能平静。

千重子站在镜台前面，瞧着自己的面颜，她想化化妆掩饰一下，随即又作罢了。她只是拿来香水瓶，在床上稍稍洒了一点儿。接着，紧了紧腰带。

不用说，她是不会那么容易入睡的。

"是不是对苗子这孩子太薄情了呢？"

一闭上眼睛，她就看见了中川町美丽的杉树林。

苗子的一番话，使得千重子对于生身父母的情况大致清楚了。

"能不能对家里的父母挑明呢？是说了好，还是不说好呢？"

恐怕这里的父母也不知道千重子生在哪里，更不知道千重子生身父母的下落吧？自己的父母"早已不在这个世界上啦"。想到这里，千重子不再流泪了。

大街上传来了祇园祭的音乐。

楼下的客人看来是近江长浜一带的绸缎商。几杯酒下肚，说话声音也大起来，就连千重子所在的里院楼上也断断续续听到了。

他强调说，彩车的巡行由四条大道经过宽广的现代化河原町，再拐向疏散道路御池大道，市政府前边还搭建了观览席，都是为了所谓的"观光"。

他说，从前，彩车经过古老京城狭窄的街道，偶尔会多少撞毁一些房子，但极富情调，有时还能从楼上接到粽子。现在是撒粽子了。

四条大道不用说了，一拐进狭窄的街巷，不容易看到彩车的下方。他说，这样反而好。

太吉郎沉静地辩解说，在宽阔的大道上，整个彩车的姿态都能看得很清楚，还是这样最过瘾。

眼下，千重子躺在被窝里，仿佛也听到彩车巨大的木轮，在十字路口拐弯时"嘎啦嘎啦"的声响。

今夜，这位客人似乎要住在隔壁的房子里。千重子思忖着，明天把从苗子那里听到的事，全都给父母说明白。

听说北山杉村都是私人企业。但是，不是每户人家都有山林，有山林的很少。千重子想，自己的生身父母看来也是在山林主家里当雇工。

"我是当雇工的……"苗子自己也这么说。

二十年前的事了，父母生下一对双胞胎，不仅名声不好听，两个孩子养大也很不容易，考虑今后的日子不好过，这才把千重子丢弃的吧？

——千重子还有三件事忘记问苗子了：千重子被舍弃的时候是婴儿，那么为何舍掉的是自己，而不是苗子呢？父亲从杉树上掉下来是哪一年？苗子说过自己"刚出生"，可是……还有，苗子说出生在母亲的娘家，那儿是"比杉树村更远的深山坳"，那里究竟是个什么地方呢？

苗子似乎认为，被丢弃的千重子已经"身份不同"了，要是那样，苗子是决不会再来看望千重子了。要想说说话儿，只有千重子到苗子劳动的作业场去。

但是，千重子不能瞒着父亲和母亲秘密行动。

千重子曾经反复阅读过大佛次郎的名文《京都的诱惑》，她脑子里浮现出这样一段话来：

北山种植了专门用来做圆木的杉树，青青的树梢重重叠叠，葱茏茂密，宛如天上的云层。一排排红松，队列整齐，树干纤细而又明丽，满山遍野，传来了悦耳的森林之歌……

那一座座浑圆的重叠的山体演奏的绵延无尽的音乐——森林之歌，如今也在她心头响起，驱散了节日的锣鼓和人群的喧闹。她透过北山众多的彩虹，倾听着这音乐和歌声……

千重子的哀愁很淡薄，也许不算什么哀愁，而是突然邂逅苗子时的惊讶、迷惘和困扰的情绪。然而，作为一个姑娘，这毕竟是令人落泪的命运。

千重子翻转身子，闭着眼睛，倾听山峦的歌唱。

"苗子是那样高兴，我为何就不能呢？"

过了一会儿，客人以及父亲和母亲一起登上里院的二楼。

"好好休息吧。"父亲向客人招呼了一声。

母亲将客人脱下的衣服叠好，又来到这边房间，打算折叠父亲脱下的衣服。

"妈妈，我来吧。"千重子说。

"还没睡呀？"母亲交给了千重子，自己躺下了。

"好香啊，到底是年轻人。"她高兴地说。

近江客由于喝了酒，隔扇那边立即响起了鼾声。

"阿繁，"太吉郎从临近床铺上喊着妻子，"有田先生不是想把儿子送到我们这儿来吗？"

"想当店员或是公司职员吧？"

"做养子，就是千重子的……"

"干吗提这种事儿，千重子还没睡着呢。"妻子想堵住丈夫的嘴。

"我知道，让千重子听听也好嘛。"

"……"

"是他家老二。他为他父亲办事，到我们家来过好几次。"

"我不太喜欢有田先生。"阿繁声音很低，但话说得很有力。

千重子的山间音乐消逝了。

"哎，千重子。"母亲转向女儿这边。千重子睁开眼，没有回应，房间里一时安静下来。千重子一直把两只脚叠在一起，默默无声。

"有田呀，他是想得到这座店，我是这么看的。"太吉郎说，"再说，他知道千重子是个又漂亮，又懂事的姑娘……他家又是生意场上的老搭档，对我们的买卖也很清楚。此外，我们店里，说不定有人向他打小报告呢。"

"……"

"千重子无论长得多么好看，我也不能为了家里的生意随便让她嫁人啊！哎，阿繁，你说是不是？这样做也对不起祖宗。"

"那当然喽。"阿繁说。

"我的性格不适合在店里。"

"爸爸，我让您把保罗·克利画集拿到嵯峨尼寺里去，您竟然也忍让啦。"千重子坐起来，向父亲道歉。

"什么呀，那是爸爸的乐趣，一种安慰。现在看来，正是生活的意义所在啊。"父亲微带歉意，"说实话，我也没有绘制那种图案的才能……"

"爸爸。"

"千重子，我正琢磨着，卖掉这个批发店，搬到安静的南禅寺或冈崎，西阵也行，买一处小小的住宅，我们父女两个一起绘制和服和腰带图案，怎么样？你耐得住那份清苦吗?"

"什么清苦，我一点也不……"

"是吗?"父亲说到这里，不久就睡着了。千重子却难以成眠。

可是，第二天早晨，她一醒来，就去清扫店前的道路，擦洗木格子和座凳。

祇园祭的活动还在继续进行。

节日的后半段有：十八日的彩车装点，二十三日的前夜、屏风节，二十四日的巡山，其后是奉纳狂言剧，二十八日洗御舆，接着回到八坂神社，二十九日举行神事结束奉告仪式。

好几座山都通向寺町。

千重子心事重重，她惴惴不安地度过将近一个月的节日。

秋天的颜色

　　保留至今的明治"文明开化"的一项遗存——沿堀川河岸行驶的北野线电车，现在就要拆除了。这是日本最古老的电车。

　　人们都知道，作为千年古都，又最早引进了一些西洋的东西，京都人竟然也有这样的一面。

　　然而，这种老朽的"丁铃丁铃"电车时至今日还在运行，这其中或许也含有某种"古都"的风味儿。车体当然很小，相向而坐，几乎膝盖顶着膝盖。

　　不过，一旦拆除又会令人惋惜，所以就把电车用假花装饰起来，成了"花电车"，叫那些尚保有遥远的明治遗风的人乘坐，同时广泛向市民宣传。这也是一项"纪念活动"吧。

　　连日来，一些清闲无事的人，挤满了古老的车厢。这是七月里的事，这时还有人打着阳伞。

京都的夏天，太阳比东京酷烈，可如今的东京早已看不到有人打阳伞走路了。

太吉郎在京都车站前面正要登上花电车，一个中年女子故意躲在他的身后窃笑。太吉郎倒也算得上一个具有"明治风格"的人了。

上了电车，太吉郎注意到这个女子，他有些不好意思地说：

"怎么，你不太具有明治风情嘛。"

"近似明治呀，何况，我家就住在北野线上。"

"是吗？唔，是啊。"太吉郎说。

"什么是啊？您真是个挺薄情的人呀……不过还是记起来了吗？"

"带个挺可爱的孩子，躲到那儿去了？"

"说什么昏话……您明明知道不是我的孩子。"

"我可不知道。女人家……"

"说什么呀，谁知道你们男人干些什么？"

这个女子领着一个女孩儿，肌肤实在白嫩可爱，大概有十四五岁了，浴衣上系着红色细腰带。女孩儿很腼腆，他有意躲开太吉郎，坐在女子身边，一句话不说。

"小千惠，坐到中间来。"女子说。

三个人好大会儿没有说话。女人隔着女孩儿的头，向太吉郎咬耳朵：

"这孩子，我打算叫她到祇园当舞女呢。"

"是谁的孩子？"

"附近一家茶馆的。"

"唔。"

"还有人以为是您和我生的呢。"女子隐隐约约地嘀咕着。

"胡说什么？"

这女子是上七轩茶馆的老板娘。

"这孩子硬要拉着我去北野天满宫①……"

太吉郎明知是老板娘开玩笑，他还是问那女孩儿：

"你多大啦？"

"初中一年级。"

"唔。"太吉郎看看女孩儿，"好吧，等下辈子投胎时请多关照。"

到底是生在花街的孩子，太吉郎这句奇妙的话，她也似乎不动声色地听懂了。

"这孩子干吗要拉着你去拜天神呢？她莫非是天神转世

---

① 祭祀平安时代学者菅原道真的神社，镇座位于京都上京区马喰町。道真左迁，于延喜三年（903 年），殁于九州太宰府，后因多种因素，京都僧侣借信仰天神，遂将道真之灵移往北野天满宫，设社殿以祭之，被奉为学问之神。

吗?"太吉郎跟老板娘开玩笑。

"是啊,是啊。"

"天神是男的……"

"他早就投胎成女的啦。"老板娘一句话挡了回去,"要是还脱生成男的,怕又要遭流放之苦啦。"

太吉郎几乎笑出声来:"是个女的呢?"

"变成个女的嘛,可不是,那就会得到如意郎君的欢心啊。"

"唔。"

那女孩儿生得俏丽,百里挑一,刘海儿又黑又亮,一副漂亮的双眼皮儿。

"是独生女儿吗?"太吉郎问。

"不是,有两个姐姐。老大明年春天初中毕业,也许要去当舞女。"

"像这孩子一样好看吗?"

"像是像,没这孩子长得俊。"

"……"

上七轩,如今没有一个舞女,即使要当舞女,也得等到初中毕业之后。

之所以称为上七轩,也许因为本来这里只有七间茶屋吧。如今增加到二十多间了。太吉郎不知在哪里也曾听说过。

画 ｜ 土 屋 光 逸

往昔，也不是太久远的往昔，太吉郎和西阵的织匠，还有当地的老主顾们经常来上七轩眠花卧柳。那时候结交的女子，又若有若无地在他脑子里浮现。当时，太吉郎店里的生意也很红火。

"老板娘一副好兴致，也来乘这种电车……"太吉郎说。

"人呀，谁不有点儿恋旧呢？这个很要紧啊。"老板娘说，"我家的生意不会忘记老主顾的……"

"……"

"况且，今天送客人来车站，顺道儿就坐这趟电车回去了……佐田先生，您才叫人奇怪呢，孤零零一个人乘在车上……"

"这个呀，可怎么说呢。本来我也只想看看花电车罢了。"太吉郎歪着头，"还不是怀旧嘛，眼下很寂寞啊。"

"寂寞？还不到那个年纪。跟我一块儿走吧，看一眼年轻的女孩子们也好嘛……"

太吉郎就要被带到上七轩去了。

老板娘径直来到北野神社的神像前面，太吉郎也跟着进来了。老板娘久久虔诚地祈祷着，女孩儿也低着头。

老板娘回到太吉郎身边就说：

"这个小千惠，放她回去算了。"

"唔。"

"小千惠，回家去吧。"

"谢谢。"女孩儿跟他们两个打招呼。她渐去渐远，走路的样子就像一个中学生。

"怎么？看来您喜欢上那女孩儿啦？"老板娘说，"过了两三年之后，就该出道喽，等着吧……如今就像大人般乖巧，将来肯定会出落成个美娇娘的。"

太吉郎没有吱声，他想，既然来到这里，就到神社宽广的境内走走吧。可是，天气太热了。

"你找个地方给我歇歇吧，太累啦。"

"哎，哎。我本来就是这个主意，隔了这么久，好容易来一趟。"婆子说。

走进那间破旧的茶屋，老板娘一本正经地说：

"您来得正好。日子都怎么过的呀？姐妹们常念叨您来着。"

她又说：

"躺下来歇歇吧，我拿枕头来。哦，不是说寂寞吗？要不，我叫个老实的姑娘陪您说说话……"

"以前熟悉的艺妓就不要来了。"

太吉郎刚要打个盹儿，进来一个年轻的艺妓，她静静地坐了一会儿。客人一张生面孔，或许使她很难应付吧。太吉郎绷着脸，一直提不起劲儿来。艺妓也许觉得客人对她没兴趣，就说什么自己出来之后，两年之间就有四十七个相好的。

"正好成了赤穗义士①啦。四五十个人，现在想想挺好玩的……人家都笑话我说，那样会害相思病的呀。"

太吉郎清醒过来：

"现在……"

"现在一个人。"

这时候，婆子早已进了客厅。

太吉郎怀疑：艺妓才二十岁光景，对于那些没有深交的男人，真的能记住是"四十七个"吗？

艺妓还说，她刚出来时的第三天，陪一个毫无情趣的客人去洗手间，突然遭到强吻，艺妓咬破了客人的舌头。

"出血了吗？"

"哎，哎，出血啦。客人叫我出医药费，他火冒三丈，我都吓哭了，闹了一场小乱子。可这都怪他呀。那人叫什么名字，我早就忘记啦。"

"唔。"太吉郎应了一声。这么一个细腰身、溜肩膀，当时十八九岁的温柔的"京美人"，怎么会突然凶狠地咬起人来了呢？想到这里，他凝视着艺妓的脸庞。

---

① 元禄十五年（1703），兵库县赤穗城大石良雄等四十七人偷袭吉良义央宅第，为主君浅野长矩复仇，史称赤穗义士。

"看看牙。"太吉郎对年轻艺妓说。

"牙？我的牙吗？说话的时候，不都看见了吗？"

"还想仔细瞧瞧，行吗？"

"不行，太难为情啦。"艺妓紧闭着嘴，"这样也不行，老爷。人家总得开口说话呀。"

艺妓可爱的嘴角里露出一粒洁白的牙齿。太吉郎逗她说：

"想必是牙咬断了，安的假牙吧？"

"那舌头挺软的。"艺妓一下子漏了嘴，"哎呀，够啦……"她把脸藏在老板娘背后。

过了一会儿，太吉郎对老板娘说：

"既然到了这里，也顺便路过中里看看吧？"

"嗯……中里她们也会高兴的，我陪您一块儿去，好吗？"老板娘说着，站了起来。她走到镜台前整整妆。

中里外表还像原来一样，客厅装饰一新。

又添了一个艺妓。太吉郎在中里待到吃完晚饭。

——秀男来到太吉郎的店铺，正碰到他不在家。秀男说是找小姐，千重子来到店里。

"祗园祭的时候约好的，我把腰带的图案画好了，特送来请您过目。"秀男说。

"千重子！"母亲阿繁喊着，"请他到里院来吧。"

"嗳。"

秀男来到面对中庭的一间房里，打开图案，给千重子看。有两幅，一幅是菊花，连着叶子。叶子看起来让人想不到是菊花叶，为了力求新颖，实在是花了一番工夫。还有一幅是枫叶。

"很好啊。"千重子紧盯着画面瞧。

"要是千重子小姐满意，那我就太高兴啦……"秀男说，"想选哪一幅呢?"

"这个嘛，菊花的长年都能用。"

"那么就织菊花图案的，好吗?"

"……"

千重子低着眉，神色忧戚。

"两种都好，不过……"她支支吾吾，"长满杉树和红松的山峦，能织吗?"

"杉树和红松的山峦? 比较困难，让我想想吧。"秀男有些诧异，望望千重子的脸。

"秀男师傅，请原谅。"

"原谅? 说不上……"

"其实……"千重子不知该不该说出来，"过节那天晚上，在四条桥上，秀男师傅说要给织腰带的，不是我，您认错人啦。"

秀男没有出声。他不相信，脸上显得很失望。他为了给千重子设计图案，费尽了心血。难道千重子会完全拒绝吗？

要是这样，千重子的话实在叫人难以相信，难以理解。秀男稍稍控制住了男子汉的刚烈脾性。

"莫非是我见到小姐的幻影了？我是在同千重子小姐的幻影谈话吗？祇园祭的晚上，难道出现的是您的幻影吗？"但是，秀男没有说是"意中人"的幻影。

千重子神情冷静地说：

"秀男师傅，当时听您说话的是我的姐妹。"

"……"

"我的姐妹。"

"……"

"我也是那天晚上第一次见到我的姐妹。"

"……"

"我姐妹的事，我还没告诉家里的父亲和母亲。"

"什么？"秀男很惊奇，他无法理解。

"北山做杉树圆木的村子，您知道吗？那女孩儿就在那里干活。"

"真的？"

秀男一时闭了嘴，他感到很意外。

"中川町，知道吗？"千重子说。

"嗯，乘汽车去过一次……"

"请秀男师傅给她织一条腰带吧。"

"好的。"

"您答应啦?"

"嗯。"秀男依然狐疑不定,他答应了,"所以您叫我把图案换成长满红松和杉树的山峦,对吗?"

千重子点点头。

"行。不过,这样有点儿太生活化了。"

"还不全仗秀男师傅的设计吗?"

"……"

"那姑娘会一辈子珍惜的。她叫苗子,虽说家里没有山林,可她很勤快,比起我来,又刚强,又能干……"

秀男虽说还有几分疑惑,但他表示:

"只要是小姐托我的,我一定把它织好。"

"我再说一遍,那姑娘叫苗子。"

"我记住啦。可她怎么长得和千重子小姐一模一样呢?"

"亲姐妹嘛。"

"尽管是亲姐妹……"

千重子没有告诉秀男是孪生姐妹。

因为是一身夏季节日里轻装的打扮,在夜间的灯影里,秀男误将苗子当成了千重子。看来,不一定是眼睛有毛病。

优美的木格子,外面再加一道格子,连着一排座凳,而且铺面也很深广。——今天看来，或许是已经过时的一副形态了。然而，毕竟是京城里既老派又富裕的绸缎商。这家老板的女儿，怎么会和北山杉圆木村的一个打工的姑娘，成为姐妹呢？秀男实在不能理解。不过，这种事儿，旁人不便插嘴打听。

"腰带织成了，送到这里来吗？"秀男问。

"这个，"千重子略微想了想，"请直接送到苗子那里，行吗？"

"这样也行。"

"那就这样吧。"千重子的嘱咐里满含着诚意，"不过，离这儿远一些……"

"我知道，远点儿也没关系。"

"苗子指不定该多高兴啊！"

"她会接受下来吗？"秀男的疑虑是有道理的。苗子一定会感到蹩跷吧？

"我来跟苗子说清楚。"

"是吗？要是这样……我就送去吧。她家住在哪里呢？"

这个，千重子也不知道。"苗子的家吗？"

"嗯。"

"我再打电话或写信告诉您吧。"

"是吗？"秀男说，"我不考虑有两个千重子小姐，权当是给小姐一个人织，我一定出色地完成，并亲自献给她。"

“谢谢您。”千重子低下头，“拜托啦。您还感到奇怪吗？”

“……”

“秀男师傅，这腰带不是给我织的，是给苗子小姐织的。”

“嗯，我知道。”

不久，秀男出了店门，他脑子里依旧疑云重重。可是得马上考虑腰带的图案啊！红松和杉树山峦这一内容，如果不大胆地进行构思，千重子的腰带就有落入俗套的可能。秀男只当作是给千重子织腰带，即使当成苗子姑娘的腰带，那也不能太贴近她的劳动生活，就像他对千重子说过的那样。

自己所见到的究竟是“千重子的苗子”还是“苗子的千重子”呢？秀男掉转脚步，他想再到四条大桥看看。可是，烈日炎炎，酷热难当。他走到桥上，背倚栏杆，闭上眼睛倾听。他要听的不是行人和电车的喧闹，而是河水似有若无的响声。

今年，千重子没有去看“大文字”，母亲阿繁由父亲带领难得去了一次，千重子留下来看家。

父亲他们，连同附近关系亲密的批发店二三家，包租了木屋町二条下茶屋的纳凉床。

八月十六日的“大文字”，是盂兰盆节的送神火。按传统的习惯，夜间向空中投放火把，送游荡的魂灵回归冥府。如今，则是在山间燃起篝火。

东山如意岳的"大文字"只是其中的代表，实际上，五座山上都点燃篝火：金阁寺附近大北山的"左大文字"、松崎山的"妙法"、西贺茂明见山的"船形"和上嵯峨山上的"牌坊形"，这五座山上的送神火接连不断地点燃起来。这四十分钟间，市内所有霓虹灯和广告灯都要熄灭。

从送神火山上的颜色，还有夜空的颜色，千重子感受到了初秋的颜色。

比"大文字"提早半个月之前，立秋前夜，下鸭神社举行"越夏"的祭神活动。

从前，千重子为了观看"左大文字"，经常和几个朋友一起登上加茂川河堤。

"大文字"这种仪式，她从小就司空见惯了。

"今年，又到'大文字'的时节了……"随着年龄的增长，心里又记挂起来了。

千重子走到店外，围着座凳和邻里的儿童们一起游乐。小孩子对于"大文字"不感兴趣，他们只爱看焰火。

然而，这个夏天的盂兰盆节，千重子心里又添新愁。因为在祇园祭上同苗子相逢，从苗子那里得知，她们的生父生母都早早离开了人间。

"对啦，明天就去会见苗子。"千重子思忖着，"秀男师傅给她织腰带的事也对她说明白……"

翌日午后，千重子身穿不太引人注目的衣服出发了。——千重子还没有在白天里看过苗子呢。

她在菩提瀑站下了车。

北山町该是大忙季节了。男人们已经扒下好多杉木外皮，堆积如山，四周还散落了不少。

千重子脚步迟疑地向前走着，苗子一溜烟跑过来。

"小姐，欢迎，欢迎！您来得真好，真好啊……"

千重子看到苗子一身出工的打扮，问道：

"可以吗?"

"哎，今天我请假了，我看到您的身影……"苗子一边喘息，一遍拉住千重子的袖子，"我们到山林里说话吧，那里没人看见。"

苗子迅速解下围裙，铺在地上。丹波绵织的围裙很大，能将身体前后都裹起来，所以，她们两个完全可以并排坐在上面。

"坐下吧。"苗子说。

"谢谢。"

苗子取下头上的手巾，用手指拢了拢头发。

"您来得真好。我太高兴啦，太高兴啦……"她目光炯炯，仔细打量着千重子。

泥土的温馨，树木的香味，整个山林的气息十分浓烈。

"来到这里，山下没有人能看见。"苗子说。

"我喜欢优美的杉树林，时常来这里玩，可是没有进入过山林，这是第一次。"说着，千重子眺望着四周的景色。几乎同样粗大的一排排杉树，挺然而立，包围着她们两个。

"这些都是人们种植的杉树。"苗子说。

"是吗？"

"这些树木都四十多年了，已经可以砍伐做房柱等材料了。要是一直任它长下去，千年以后，真不知会多粗多高呢。我有时就这样想。所以，我更喜欢原生林。这个村子，说起来，就是在干着截枝剪花的行当啊！"

"……"

"这个世界，要是没有人，就不会有京都这样的城市，就会成为自然生长的森林和杂草的荒原。这一带，也一定是山鹿和野猪出没的领域。这个世界干吗要有人？多可怕呀，人类……"

"苗子，你是这样想的吗？"千重子感到惊讶。

"嗯，有时候……"

"苗子讨厌人类吗？"

"我很喜欢人类，不过……"苗子回答，"没有比人更可爱的啦。但这块土地上要是没有人，会变成什么样呢？有时候，我躺在山野里，一醒过来就会想到这些……"

"这不就是藏在你心底的厌世情绪吗?"

"我呀,我才不会厌世呢。每天都在高高兴兴地干活儿⋯⋯可是,人类⋯⋯"

"⋯⋯"

两个姑娘周围的杉树林蓦然变暗了。

"要下暴雨啦。"苗子说。雨点落在杉树梢的叶子上,积攒着,大滴大滴地掉落下来。

接着,传来震耳欲聋的雷声。

"好可怕,好可怕!"千重子脸色惨白,紧紧攥住苗子的手。

"千重子小姐,蜷起腿,弓着背,尽量缩成一团儿。"苗子说罢,趴在千重子身上,紧紧抱着,将她完全保护起来。

雷声越来越大,电闪、雷鸣,已经完全没有间歇。似乎就要山崩地裂了。

雷声很近,仿佛在两个女孩儿的头顶上炸响。

杉树林的树梢,在大雨里喧骚不止。雷电的光焰在大地上闪烁,照亮了她们身边的树干。优美而挺拔的树木,转眼变得阴森可怖。忽然,又是一阵霹雳的雷鸣。

"苗子,雷会落下来吗?"千重子又紧缩一下身子。

"也许会落下来的。可是不会落在我们身上的。"苗子一口咬定说，"决不会的！"

然后，她用自己的身体，更加严严实实地护住千重子。

"小姐，您的头发有点儿湿啦。"她拿起手巾擦擦千重子颈后的头发，然后把手巾折叠起来，盖在千重子头顶上。

"雨滴也许会渗下些来的。不过，小姐，雷是绝对不会落在千重子小姐身上和我们周围的。"

心性坚韧的千重子，得到苗子一片真心的照顾，随之平静下来。

"谢谢啦……实在太感谢啦！"她说，"你这样护着我，自己全湿透啦。"

"反正是工作服，不碍事。"苗子说，"我很高兴。"

"腰里在闪光，是什么呀……"千重子问。

"哦，我忘记放下了，是镰刀。我在路边正在剥杉树皮，直接就跑过来啦。"苗子想到了镰刀，"好危险啊！"说着，扔到了远处。这是一把不带木把的小镰刀。

"回去时再带走。真不愿回去呀……"

雷声似乎打她们两人的头上滚过。

千重子切实感到，苗子是在用整个身子把她全部盖住了。

不管多么炎热的夏天，这山里的暴雨总是冷到指尖儿。苗子从头到脚掩护着千重子，她的体温在千重子身上扩散，深深地渗透着。这是无可形容的温暖的亲情啊！千重子心里充满幸福之感，她久久地闭着眼睛。

"苗子，我真的很感谢你。"她又说了一遍，"在亲娘的肚子里，你也是这样抱着我的吗?"

"那时候，还不是你踢我一脚，我给你一拳吗?"

"可不是嘛。"千重子笑起来了，声音里满含着骨肉情怀。

骤雨伴着雷声过去了。

"苗子，真难为你啦……已经不要紧了。"千重子在苗子身底下挪挪身子，想站起来。

"哎，再等等，别慌。杉树叶子上还有雨点滴落下来……"苗子依然掩护着千重子。千重子伸手摸摸苗子的脊背:

"全淋湿啦，不觉得冷吗?"

"我习惯啦，没事儿。"苗子说，"小姐来看我，我很高兴，心里一直热乎乎的。小姐您也多少淋湿啦。"

"苗子，爸爸是在这儿从杉树上掉下来的吗?"千重子问。

"不知道。我当时也很小。"

"妈妈的娘家呢……外公外婆都还好吗?"

"这些也都不清楚。"苗子答道。

"你不说是在姥姥家里长大的吗?"

"小姐，干吗还问这些呢?"苗子的口气变得生硬起来，千重子不敢再问了。

"小姐，您不会有这样一些亲人的。"

"……"

"您把我当作亲姐妹，我就够感谢的啦。至于祇园祭上的那些话，有些是多余的。"

"嗯，我很高兴。"

"我也是……不过，小姐家的店，我是不会去的。"

"来吧，我会好好待你的。我也给父母说说……"

"算啦。"苗子强调说，"小姐要是像今天一样，遇到什么难处，我会拼着命保护你的，不过……您懂我的意思吗?"

"……"千重子不由眼里一阵热辣辣的，"喏，苗子，节日晚上，你被错认是我，感到有些惊讶吗?"

"嗯，您是指谈起织腰带的那个人吗?"

"那位青年是西阵腰带店的织匠，他待人很诚恳……他不是说要给你织一条腰带吗?"

"他把我当成千重子小姐了呗。"

"前些日子，他拿着腰带图案找我去啦。我对他说，那不是我，那是我的姐妹。"

"是吗?"

"我也托他给我的姐妹苗子也织一条。"

"给我……"

"不是说好了吗?"

"那是他认错人啦。"

"他给我织一条，也给你织一条，作为两姐妹的纪念……"

"我……"苗子感到很意外。

"这不是在祇园祭的节日里约定好的吗?"千重子温婉地说。

苗子庇护过千重子的身体，显得有些僵直了，她纹丝不动。

"小姐，在您遇到困难的时候，我甘愿挺身而出，不惜一切，帮助您，解救您。可是要我代替您接受别人的礼物，我不愿意。"苗子断然地说，"那样叫人受不了。"

"你不是替我。"

"我是替您。"

千重子不知道该如何说服苗子，于是说道:

"就算我送给你的，也不接受吗?"

"……"

"我托他织，就是要送给你的嘛。"

"这事儿有点儿不对头。节日的晚上，他认错了人，明明说是给千重子小姐织腰带的。"苗子停顿了一下，"那位腰带店老板，不，是织匠师傅，看来对您很倾心。我也是个女人，这一点，我看得很明白。"

千重子忍住心中的羞愧之情，说：

"所以你就不接受了，对吗？"

"……"

"我是说请他织一条送给我的姐妹的……"

"那我就领情啦，小姐。"苗子乖乖听从了，"我刚才说些多余的话，还请原谅。"

"他会直接送到家里去，你家住在哪里呢？"

"家里姓村濑。"苗子回答，"是高级的腰带吧？我这样的人，哪里会有机会系呢？"

"苗子，人的未来是不可知的。"

"是的，是这样。"苗子点点头，"我也不想出人头地……不过，即便没有机会系它，我也会当作宝贝保存的。"

"我们家店里虽说不做腰带生意，但我会为你挑一件和服，同秀男师傅织的腰带相匹配。"

"……"

"我父亲很古怪，近来渐渐对生意不感兴趣了。像我家这样的杂货批发商，看来也不能光卖高级商品了。况且，化纤和毛织品也多起来了……"

苗子仰望着杉树的树梢，离开千重子脊背，站起身来。

"还有一些水滴掉落下来……小姐，让您受苦啦。"

"哪里，多亏了你呀……"

"小姐，您可以帮家里照料一下店铺呀。"

"我呀……"千重子像是挨打一样，站了起来。

苗子的衣服水淋淋的，紧贴在皮肤上。

苗子没有把千重子送到汽车站。她的衣服湿透了，更主要的原因是怕人看见。

千重子回到店里，母亲阿繁在通道土间的最里头，给店员们准备工间点心。

"回来啦?"

"妈妈好。我回来得太晚啦……爸爸呢?"

"钻进帘子布后面，像是在思索什么。"母亲眼瞅着千重子，"到哪儿去啦? 衣服都湿了，快去换换吧。"

"嗯。"千重子登上里院的二楼，慢悠悠地换着衣服，坐了好大一会儿，然后下了楼。这时，母亲已经给店员发过三点钟的点心了。

"妈妈。"千重子的声音微微颤抖着，"我有话想跟妈妈说。"

阿繁答应了:"到楼上去吧。"

于是，千重子极不自然地问道:

"这里下暴雨了吗?"

"暴雨? 没下暴雨呀, 不是要谈暴雨的事吧?"

"妈妈, 我去北山杉村了。那里有我的姐妹……不是姐姐, 就是妹妹。我是双胞胎。今年的祇园祭上, 第一次见到她啦。听她说, 我们的生身父母早就去世啦。"

不用说, 阿繁受到了突然打击, 她只是呆呆地望着千重子的脸。"北山杉村……啊?"

"我不能瞒着妈妈。祇园祭和今天, 我们只见过两次面, 可是……"

"是个姑娘吗? 她现在怎么样啦?"

"在杉树村里当雇工, 干活儿。是个好姑娘。她不愿意到我们家里来。"

"唔。"阿繁沉默了片刻, "这样也好。那么, 千重子……"

"妈妈, 千重子是这家里的孩子, 请您和过去一样, 一直把我当成您的女儿吧。"她说着, 脸上满含真诚。

"那当然, 千重子二十年来, 一直是我的孩子。"

"妈妈……"千重子把脸伏在阿繁的膝盖上。

"其实, 自打祇园祭以来, 我就看见你时常恍恍惚惚的, 还以为喜欢上谁了, 妈妈正想问问你呢。"

"……"

"要不, 把那姑娘领到咱家来瞧瞧, 行吗? 找个晚上,等店员都下班了。"

千重子趴在母亲膝盖上，微微摇摇脑袋。

"她不愿意来，她一直喊我小姐……"

"是吗？"阿繁抚摸着千重子的头发，"谢谢你鼓起勇气对妈妈说了。她是不是很像千重子啊？"

丹波壶里的金钟儿，开始鸣叫了。

松林青青

据说南禅寺附近，有一处价格较为理想的房子出售，一个天朗气清的秋日，太吉郎领着妻子、女儿，一边散步，一边想去看一看。

"您打算买下来吗?"阿繁问。

"看看再说。"太吉郎立即不耐烦了。

"据说很便宜，就是太小了。"

"……"

"到那里转转也好。"

"是啊，不过……"

阿繁有些不安，她猜想：买下这座房子住下来，每天跑到现在的店铺上班吗? ——就像东京的银座、日本桥一样，中京的批发商店街，也有好多老板在别处购了房子，每天到店里去上班的。这样也好，说明"丸太"商店的生意即便继续衰落，也还有能力到别处购买小型住宅。

但是，太吉郎是不是想把商店卖掉，买下这座小住宅"隐居"呢？或者考虑趁手头还算宽绰，先下手为强呢？不过，买下来之后，他住在南禅寺的小房子里，打算干些什么，如何过日子呢？丈夫已经快到六十岁了，想让他舒舒服服地活着。店铺可以卖一笔大钱，不过单靠银行利息生活，心里总是不踏实。要是有人利用这些资金再去赚上一笔，那日子就会更好过。但是，阿繁一时想不起谁能干这件事。

母亲的不安虽然没说出口，女儿千重子似乎很清楚。千重子年轻，她用安慰的目光瞧着母亲。

然而，太吉郎却显得既开朗，又快活。

"爸爸，要是到那里散步，顺便看看青莲院好吗？"千重子在汽车上央求说，"就在大门口停一下……"

"那里有樟树，你是想看樟树吧？"

"是的。"父亲一眼看出她的心思，这使千重子很惊奇，"是想看樟树。"

"行，行。"太吉郎说，"爸爸年轻的时候啊，也常和朋友一起，到那棵高大的樟树绿荫里聊天呢。——那些朋友，没有一个留在京都的。"

"……"

"那一带，每个地方都很令人怀念啊！"

千重子暂时让父亲沉浸在青年时代的回忆中。

"我离开学校后，白天里还没有去看过那棵樟树呢。"

过了一会儿，她说，"爸爸，您知道夜间游览车的路线吗？参观寺院一项里只安排一个青莲院，汽车一到，和尚们就打着灯笼一起出来迎接。"

在和尚们的灯笼光里，一直被领到大门口，有相当长的一段路。然而，情趣也就只在这段路上了。

游览车的说明书上写着：青莲院的尼僧们，进献薄茶一碗。谁知一进入大厅，情况就变了。

"要说献茶倒也献了，可那么多人，都只用一个大盘子端来，里面堆了好多粗瓷茶碗，匆匆忙忙，放下就走人啦。"千重子说着，笑了。

"也许有尼姑混在里头，没等注意就看不见啦……真扫兴，茶也是温吞的。"

"有什么法子呢？招待得太认真，不要花时间吗？"父亲说。

"哎，这还不说，在那宽大的庭院里，四面八方，灯火通明，和尚站在院子里解说。虽说是青莲院的说明词，但听起来，却像一场激烈的演讲。"

"……"

"进入寺院，不知从何处，传来悠扬的琴声。我和同学都在议论，那是真的奏琴，还是放唱片呢？"

"唔。"

"接着去看祇园的舞妓，只是在歌舞排练场里看了两三个舞蹈。哎呀，真不知那叫什么舞妓啊。"

"怎么啦？"

"虽说勒着陀罗尼腰带①，可衣裳却很寒酸。"

"真是。"

"从祇园到岛原角屋看高级艺妓②，她们的衣裳实在华美，童女们也一样……在辉煌的烛光里，举行什么'饮酒盟誓'的仪式。然后，来到门口的土间，观看一下高级艺妓艳装走步表演。"

"嗬，能看到这些倒也不寻常啊。"太吉郎说。

"是啊，青莲院的灯笼迎客和岛原角屋的艺妓表演确实很好。"千重子应和着，"这些事记得以前也讲过……"

"找个时间也带着妈妈去一趟，什么角屋和高级艺妓，我还没见过呢。"母亲正说着，汽车已经到达青莲院门前。

千重子为什么突然想起要来看樟树？是不是因为漫步了植物园的樟树林荫路，还是看了北山杉，觉得那些树都是人工栽培的，没有自然生长的大树更好呢？

然而，青莲院门外石墙边上只有樟树，一排四棵，其中跟前的一棵最古老。

---

① 花街艺妓、舞妓背后宽大而长及足跟的彩饰多层腰带。
② 原文作"太夫"，富有文化教养、色艺拔群的艺妓。

千重子一行三人，站在樟树前面看着，什么也没说。凝神仰望，樟树粗大的枝条，虬曲盘绕，向四方展开，枝叶纵横交错，仿佛蕴蓄着一种诡异的威力。

"好了，走吧。"太吉郎向着南禅寺迈开脚步。

太吉郎从口袋的钱包里取出房主家的路线图，边走边说：

"我说千重子啊，爸爸对樟树也不太熟悉，这种树是不是适合生长在温暖的南方各地？比如热海、九州，那里一定很多。这里的那棵老樟树，怎么看上去像大盆景一样呢？"

"京都不就是这样吗？山川民众也一样……"千重子说。

"哦，是吗？"父亲点点头，"可每个人不一定都是如此。"

"……"

"不论是今人，还是古人……"

"是这样。"

"照千重子的说法，整个日本不也是这样？"

"……"千重子觉得父亲虽然以小比大，可也有道理。"爸爸，那棵樟树的树干，以及那伸展着的奇妙的枝条，定睛一看，您不觉得有一种可怖的力量吗？"

"是啊！一个女孩子，也在思考这类问题吗？"父亲回头望着樟树，然后又盯着女儿瞧，"确实像千重子说的，即便你头上乌黑闪亮的头发，也一样……爸爸迟钝啦，老朽啦。你给我上了重要的一课啊。"

"爸爸！"千重子怀着激动的心情，呼喊着父亲。

从南禅寺的山门窥视境内，静谧而深广，像平素一样，看不到几个人影。

父亲看着房主家的地图，拐向了左边。这座房子虽然很小，但围墙很高，纵深也大。从狭窄的屋门口到大门，两边的胡枝子，盛开着白色的花朵。

"呀，好漂亮。"太吉郎在门前站了很久，出神地望着雪白的胡枝子。但是，他已经失去前来看房子的兴趣，这是因为，他发现相邻一间的隔壁房间，变成了旅馆兼饭铺。

然而，那两排白色胡枝子，却使他依依不舍。

太吉郎好长时间没到这里来了，南禅寺前面大街上的房子，大都改建成了旅馆兼饭铺，这使他大为惊奇。其中，有的经过改建，可以接待大型旅游团，地方上来的学生吵吵嚷嚷，出出进进。

"房子还不错，可是不能买。"太吉郎站在长着胡枝子花的屋门口，嘴里不停嘀咕。

"看来，整个京都大有变成为旅馆、饭铺之势，就像高台寺周围……大阪、京都之间，也变成了工业区。西京一带，虽说还有空地，就算不考虑交通不便，但附近将来也许会建造一些奇形怪状、花里胡哨的房子来的……"父亲失望地说。

太吉郎还在留恋白胡枝子花，他走了七八步远，又一个人折回去，看了很久。

阿繁和千重子在路边等着父亲。

"花真好看呀。莫非有什么秘诀吗？"他回到娘儿俩身旁，说：

"要是用竹子支撑着就好啦……一下雨，胡枝子的叶子湿漉漉的，倒在石板道上不好走路啊。"父亲说，"这家房主，想没想到今年的胡枝子也会盛开呢？要是想到了，他还会卖吗？看来，他是到了非卖不可的地步啦，哪里还顾得上胡枝子是死是活啊！"

娘儿俩一声没吭。

"人哪，都是这样子。"父亲显得神情黯然。

"爸爸，您那么喜欢胡枝子呀？"千重子故意打趣儿，"今年来不及了，等明年，我为爸爸设计一幅细花纹的胡枝子图案。"

"胡枝子适合于女性，一般用来做女子浴衣①。"

"我设计的既不是女服，也不是做浴衣用的。"

"哦，什么细花纹，那只能做内衣啊。"父亲望着女儿，

---

① 即 yukata，夏季穿着的单层和服。

笑了，"作为回礼，爸爸给你画一幅樟树的图案，做成和服或礼服，穿在千重子身上，那怪异的图案……"

"……"

"男人和女人完全颠倒了。"

"没有颠倒啊。"

"不信你穿上怪异的樟树花纹的和服，到街上走走看。"

"我一定走走，不管到哪里都行……"

"唔。"

父亲低着头，陷入沉思。

"千重子，我不光喜欢白胡枝子，不管什么花，连同观赏的时间和地点都一并印入心里了。"

"可不是嘛。"千重子回答，"爸爸，既然来到这里，龙村也很近了，我想路过那里看看。"

"啊，那是一家为外国人服务的店铺……阿繁，怎么样？"

"千重子想看，就去一下吧。"母亲轻松地说。

"是啊，不过龙村没有腰带什么的……"

这一带地方，是下河原町的豪华住宅区。

千重子一进店，就去看摆在右侧的一卷卷做女服的绸缎，这些不是龙村的，而是"钟纺"① 生产的料子。

---

① 1887 年创立的纺织公司，原名东京棉商社，1971 年改称"钟纺"，2008 年因合并清算，现已不复存在。

阿繁走过来说："千重子也想做洋装吗？"

"不，不是，妈妈。我看看外国人都喜欢什么样的绸子。"

母亲知道了，她站在女儿的身后，不时伸出指头，摸摸绸子。

以正仓院切片为主的古代切片的印花丝绸仿品，挂在中间的店面和走廊上。

这些才是龙村的产品。太吉郎多次看过龙村的展品，也看过原本的古代切片和图录，这些都装在他的脑子里，如数家珍。但是，他还是觉得应该仔细地再看一遍。

"这是为了让外国人知道，日本也能生产这类商品。"一位熟悉太吉郎的店员说。

太吉郎上回来参观的时候，也曾经听到这类话，现在还是点了点头。当他看到中国等地的印花丝绸仿品时，也称赞说：

"真了不起啊。古代……这是一千多年前的东西吧？"

这里，这种古代印花大切片的仿品，似乎不出售。——有一些仿品会织成女子腰带，太吉郎很是喜欢，买过几条送给阿繁和千重子，可是这家店是做外国人生意的，没有腰带出售。最大的商品是桌布。

另外，展示柜里还摆着袋包、钱包、烟盒、方巾等小物件。

太吉郎曾经买过两三条不像龙村风格的龙村领带和"揉菊"钱包。所谓"揉菊"，就是将光悦①在鹰峰制作的"大揉菊"纸质工艺的纹样，应用到丝绸切片上，这种制作相当新颖。

"东北有个地方，用结实的和纸制作这种钱包，和这里很相像。"太吉郎说。

"啊，啊。"店里人应和着，"他们和光悦有什么关系，我们不太清楚……"

里面的展示柜上，排列着"索尼"微型收音机，太吉郎一家甚感惊讶，就算这是为"赚取外汇"的寄售商品……

三人被请到里头客厅品茶。店员告诉他们，那里的椅子上，曾经坐过一些从外国来的所谓"贵宾"。

玻璃窗外，生长着一片稀有的小小杉树林。

"这是什么杉树？"太吉郎问。

"我也不很清楚……据说是扩叶杉。"

"怎么写的？"

"花匠有的不识字，他们也不知道，可能就是"广"

① 本阿弥光悦（1558—1637），江户初期艺术家，京都人。长于陶艺、茶道、泥金画等。

"叶"这几个字。本州以南，才有这种树木。"

"树干的颜色……"

"那是苔藓。"

微型收音机响了，回头一看，一个青年男子，正在向三四个西洋妇女讲解使用方法。

"哦，是真一的哥哥呀！"千重子站起身来。

真一的哥哥龙助，向千重子这边走来。他向坐在客厅椅子上的千重子的父母鞠了躬。

"是您陪同那些太太们吗?"千重子问。两人一接触，千重子就觉察，这位兄长和真一不同，他身上仿佛有一种迫人的气势，叫人很难跟他说话。

"我不是什么陪同，给她们当翻译的是我的同学，他的妹妹死了，我来代他三四天班。"

"呀，他妹妹……"

"是的。比真一小两岁，是个可爱的姑娘。"

"……"

"真一英语不行，人又腼腆。所以，我就……这家店根本不需要什么翻译……再说，这些客人也只是来买买收音机什么的。她们都是住在都饭店的美国人的太太。"

"是吗?"

"都饭店很近，所以过来看看。她们要是仔细看看龙村

画 ｜ 川 瀬 巴 水

的丝绸该多好，可是偏偏喜欢微型收音机。"龙助低声笑了，"管它呢，随她们便。"

"我也是第一次发现这里卖收音机。"

"不管是微型收音机还是丝绸，都一样要美元，哪个都不能少。"

"是啊。"

"刚才在庭院里，看到水池里有各种颜色的锦鲤，心里就犯了嘀咕，假若她们详细地询问，我应该如何说明才好呢？没想到她们只是说'好看，好看'，就完啦。帮了我一个大忙。什么锦鲤，我哪儿知道啊？鲤鱼的各种颜色，英语怎么说，我也弄不清楚。还有带花斑的鲤鱼什么的……"

"……"

"千重子小姐，去看看鲤鱼吧。"

"那些太太们呢?"

"可以交给这里的店员，她们也差不多到时间该回饭店喝茶啦。之后还要和她们的先生们会合，一同去奈良呢。"

"我去跟父亲母亲打声招呼。"

"对，我也要告诉客人们一下。"龙助说罢，就回到太太那里说了些什么。太太们一起朝千重子看，千重子脸上出现了红晕。

龙助立即折回来，邀千重子到庭院里去。

他们两人坐在水池岸边，瞧着美丽的锦鲤游来游去，久久沉默不语。

"千重子小姐，您家里店铺的主管——不知是专务还是常务，请千重子小姐严肃教训他一次。您能做到吗？必要时我也可以到场……"

千重子甚感意外，她的心突然紧缩起来。

从龙村回来的那天夜里，千重子做了个梦。——千重子蹲在水池岸上，五彩斑斓的鲤鱼成群结队地向她的脚边游来。鲤鱼聚合在一起，有的纵身一跳，有的将头露出水面。

就是这样的梦，而且是白天里的事情。千重子将手伸进池水，稍稍搅动水波，鲤鱼就立即聚拢过来了。千重子十分惊奇，她从这群鲤鱼身上感受到了一种莫名的情爱。

千重子身边的龙助，比她更加感到惊奇。

"千重子小姐的手上有着什么样的馨香——什么样的灵气呢？"

千重子羞涩地站起来，说："这或许因为鲤鱼和人混熟了的缘故吧。"

龙助凝神注视着千重子的侧影。

"东山就在眼前呢。"千重子躲开龙助的眼睛。

"哦，您不觉得颜色有些变了吗？秋天来了……"龙助应和着。

千重子的鲤鱼梦里，龙助有没有待在自己的身边呢？醒过来的千重子也不记得了。她好大一会儿再也睡不着了。

第二天，千重子想起龙助要她对店里的主管严肃教训一下的劝说，对此她泛起了犹豫。

店里临近打烊时分，千重子坐到账房前边。这是一个围绕着低矮木格子的古色古香的账房。主管植村一眼看出，千重子的情绪非比寻常。

"小姐，有什么吩咐吗？"

"我想看看衣料。"

"是小姐穿的？"植村松了口气，"是用自家店的料子吗？当下，是打算做过年穿的节日和服，还是外出的礼服或'振袖'呢？对啦，小姐不是一直在冈崎染坊和雕万店里购买的吗？"

"我想看看自家店里的友禅，不是过年穿的。"

"好的。把所有的料子都搬出来，供您过目，不知其中有没有小姐中意的。"植村立即站起来，叫两个店员，对他们耳语了一下，三人一起搬出十几反①料子，摆在店中央，熟练地排列起来。

"就选这一种吧。"千重子也很果断，"请在五天到一周之内做成，还要吊上衣裾的里子。"

---

① 日本布匹单位，一反相当于成人的一件衣料。

159

植村一下子怔住了："太仓促啦，我们是搞批发的，很少直接同外面的裁缝店打交道，不过我尽量努力。"

两个店员动作灵活地卷好料子。

"这是尺寸。"千重子放在植村的办公桌上。可是，她还不肯走开。

"植村先生，我也想学习学习，逐渐熟悉家里生意的情况，还请您多多关照。"千重子的语气很柔和，她轻轻点了点头。

"好说。"植村的表情有些生硬。

千重子沉静地说：

"明天我想来看看账簿。"

"账簿？"植村苦笑起来，"小姐要查账吗？"

"哪里，我怎么敢干那种事儿。我呀，只是想看看，了解一下店里的买卖如何。"

"是吗？直说了吧，账簿有好几本呢，一种账是应付税务署的。"

"我们店里有两种账簿吗？"

"说些什么呀？小姐。要想干那种糊弄人的事儿，恐怕还得请小姐您呢。我们可是光明正大的啊。"

"反正明天我要来看，植村先生。"千重子甩下这句话，从植村面前走了过去。

"小姐，我植村从您出生前就在这店里料理生意了……"植村说罢，看到千重子头也不回，轻轻嘀咕了一声："到底怎么啦?"然后咋咋舌头："腰真疼啊。"

母亲在准备晚饭，千重子一走过来，母亲就神色不宁地说：

"千重子，你怎么干那种事啊?"

"哎，您害怕啦? 妈妈。"

"年轻人哪，看起来挺文静，好可怕呀。连妈妈都吓坏啦。"

"这也是人家给我出的主意。"

"什么? 是谁呀?"

"真一的哥哥，在龙村时……真一家里，他父亲经营一座出色的店铺，手下有两个主管。要是植村不干了，他们可以调过一个来，他自己来也可以。"

"是龙助跟你说的?"

"嗯。他说，反正要经商的，为了生意，他可以随时不读研究生……"

"是吗?"阿繁望着千重子青春焕发的俊美的容颜。

"植村先生似乎还没有打算辞职，不过……"

"他还说，要是那块长着白胡枝子花的地方，还有合适的房子出售，他想叫他父亲买下来。"

"唔。"母亲一下子说不出话来，"可是你爸爸有些厌世呀。"

"其实，爸爸那样也很好……"

"这也是龙助说的？"

"嗯。"

"……"

"妈妈，我刚才看了看，想用店里的料子给杉树村的那个姑娘做一件和服，行吗？千重子求您啦……"

"行啊，行啊。再做件外褂吧。"

千重子转过脸去，眼里噙着泪水。

为什么称高座织机呢？当然是指高高的织锦机了。也有的说，是因为将地面浅浅挖出一层，把织机坐进去，泥土的潮气，对丝线有好处。本来，高机上面坐着人，可如今，是将重石装进竹筐里，吊在织机边上。

有的织锦店同时使用手工织机和机器织机。

秀男家有三台手工织机，兄弟三个各据一台。父亲宗助有时也坐在织机上织一会儿。西阵有着不少这样的小作坊，秀男家的这种境况还算说得过去。

千重子托付的腰带快要织好了，秀男也一天天兴奋起来。自己倾尽全力的腰带眼看就要完成，心里怎能不高兴呢？然而，更重要的缘由是，他从箅齿和织机的声响里感受到了千重子的存在。

不，不是千重子，是苗子。这不是千重子的腰带，而是苗子的腰带。但是，秀男在织造过程里，把千重子和苗子只当成一个人。

父亲宗助站在秀男身边，望了好半天。

"嗬，好腰带，这花纹难得一见啊！"他歪着头，"是谁的？"

"佐田先生家的千重子小姐。"

"这花纹……"

"千重子小姐设计的。"

"哦，千重子小姐……真的？唔。"父亲吃惊地看着，又伸手摸摸织机上的腰带，"秀男，你织得很硬挺嘛，这样好啊。"

"……"

"秀男，以前记得也给你说过，佐田先生对咱家有恩哪。"

"听您说过，爸爸。"

"唔，是说过吧。"宗助说着，还是又重复了一遍，"我从一个织匠干起，好不容易置了一台高座织机，有一半钱还是借来的。每织完一条腰带，就拿到佐田先生那里去卖。一条腰带，也很难为情的，只好夜间悄悄地送去……"

"……"

"佐田先生从来都没有表示过不悦。到了有三台织机，还算能……"

"……"

"不过，秀男，人家同咱身份不同……"

"我心里有数，干吗要说这些啊？"

"秀男，佐田家的千重子小姐，你好像很喜欢她……"

"就这啊。"秀男刚刚歇下的手脚又继续动起来。

腰带织成了，他赶紧给北山杉村的苗子送去。

午后，北山的天上，好几次升起了彩虹。

秀男带着苗子的腰带，一上路就看到了彩虹。彩虹很宽大，但颜色轻浅，弓形的顶端尚未合拢起来。秀男站住，望着望着，那彩虹的颜色越来越薄，眼看就要消失了。

然而，汽车驶进山峡前，秀男又两次看到相似的彩虹。一共三次，每一次都没有形成完整的弓形，总是有淡薄的地方。这样的彩虹本来很常见，可是今天秀男心里，却有点不很踏实。

"唔，这彩虹到底是主吉还是主凶啊？"

天空不太阴沉。一进入峡谷，原先那里又出现类似的淡淡的彩虹了吗？由于被清泷川岸边的山峰挡住了，看不见。

他在北山杉村一下车，苗子就穿着一身劳动服，用围裙擦擦湿漉漉的手，马上走过来。

这阵子，苗子正赤着两手，用菩提砂（其实近似红黏土）仔细清洗杉树圆木。

时令还是十月，山水已经很凉。人工挖掘的水沟里漂浮着圆木，一端安着简陋的锅灶，好像有热水从那里放出来，上面飘着热气。

"欢迎您到这种山坳坳里来。"苗子弯弯腰。

"苗子小姐，上回说的那条腰带终于织成了，现在给您送来。"

"是千重子小姐的替身腰带吧？我不愿意做她的替身，只见见面就行啦。"苗子说。

"这条腰带是已经约好了的，而且是千重子小姐画的图案。"

苗子低着头："其实啊，秀男师傅，千重子小姐店里的人前天已经把给我做成的和服，还有草履，一并送来啦。可这些东西，我哪一辈子才能穿上身呀？"

"二十二日的时代祭怎么样？您不能出来吗？"

"不，他们会放我出来的。"苗子毫不迟疑地说，"眼下，在这里，人家会看到的。"她想了想，"到那河滩沙石地去坐一会儿吧。"

她不能像上次和千重子两个人那样，躲在杉树林里。

"秀男师傅织的腰带，我会当作终生的宝贝的。"

"不，我还会再给您织的。"

苗子没有吱声。

千重子给苗子送和服，苗子寄居的人家自然是知道的，所以，将秀男带到家里来也说得过去。但是，苗子已经大体知道了千重子如今的身份和店铺的情形，光是这一点，她幼年时代一直怀抱的心愿就获得了满足。此外，她不想因为一些小事情，再给千重子增加烦恼。

再说，养育苗子的村濑家，是这里颇有威望的山林主，苗子又整日不辞劳苦地干活儿，所以即便千重子家里知道了，也不会引起什么麻烦来。按说，比起一个中等程度的丝绸批发商来，持有一片杉树林的人家更有保障。

然而，苗子思忖着，她和千重子越来越亲密的交往一定要保持慎重。不为别的，正因为千重子的情爱已经渗入她的心底……

所以，她把秀男带到河滩的沙石地里来了。清泷川的沙石河滩上，也随处种满了北山杉。

"真是太难为您啦，请原谅。"苗子说。到底是个姑娘家，她很想早点儿看到腰带。

"好漂亮的杉树林啊！"秀男抬眼望着山峦，随手打开棉布包裹，解开纸袋儿。

"这里是身后的鼓型结儿，这些是前面的……"

"哇！"苗子试着把腰带抻一抻，"这样的腰带，我哪里

166

配得上呀?"苗子眼里闪现着光辉。

"一个傻小子织的腰带,有什么配不上的? 红松和杉树,同新年很相宜。我本来只考虑把松树作为背后的鼓型,千重子小姐说还是以杉树为主。到这儿一看,才真正明白过来。一说杉树,就以为是大树、老树,这回,我把它处理得柔和些,也许就是这条腰带的特色吧。红松的树干也一样,在色感上也动了点儿脑筋……"

不用说,杉树的树干,他没有画成原色,在形态和色调上都费了番功夫。

"这腰带,真不错。实在感谢您啦……像我这样的女子,是不能系这种华丽的腰带的。"

"千重子小姐送的和服合身吗?"

"我想会很合身的。"

"千重子小姐从小就对京都风格的绸缎很熟悉……可是,这条腰带还没有送给她看过呢。不知为什么,总觉得有点难为情啊。"

"这不是千重子小姐设计的吗? 我也想让她看看。"

"时代祭的时候,请您就穿上吧。"秀男说罢,将腰带叠好,装进纸袋。

秀男在纸袋外面扎好细绳。

"请您不必介意,收下来吧。虽说是我约定的,可这条腰带是千重子小姐委托我织的。您把我当作一个平平凡凡的织匠看待吧。"他对苗子说,"这可是我凭着一片真诚织造的啊!"

苗子把秀男送给她的腰带小包,搁在膝头上,久久不语。

"千重子小姐从小就见惯了和服,她送给您的那件和服,同这条腰带肯定相配。这些我刚才都说了……"

两人面前的清泷川,浅浅的流水传来了潺潺的声响。秀男环顾着两岸山坡上的杉树林:"我想到杉树的干,宛若工艺品整齐地站立着,上面的枝叶倒也像朴实的花朵啊。"

苗子的脸上蒙着一片愁云。她想,父亲一定是在为杉树整枝的时候,忽然想起丢弃的孩子千重子而牵肠挂肚,当他从一棵树梢荡到另一棵树梢的当儿,不小心摔下来了。当时苗子和千重子,都还是婴儿,当然什么也不记得。苗子稍稍大了些之后,才听到村里人提起这件事。

因此,苗子只知道自己有个孪生姊妹,至于千重子——她当然不知道这个名字——是死是活,是姐姐还是妹妹,她一概不清楚。她只巴望能见上一次面,哪怕远远看她一眼也好。

苗子原来像草棚子一样破陋的小屋,如今还在杉树村里荒着,一个姑娘怎好单独住下去呢?现在由一对长年在山林里干活的中年夫妻和一个上小学的女孩儿住着。当然，她不会收什么房租，再说，这样的破屋也根本谈不上收房租。

那个上小学的女孩儿，不知为何那样喜欢花，房子附近正好有一棵漂亮的金木犀。"苗子姐姐！"她有时跑到苗子这里，询问管理木犀树的方法。

"用不着费心。"苗子答道。可是，苗子每当打那里经过，总是比别人更能远远闻到木犀的香气。对于苗子来说，这花香反而给她增添一丝悲凉。

——苗子把秀男织的腰带搁在膝盖上，沉甸甸的，各种思绪一起涌上她的心头……

"秀男师傅，我知道千重子小姐的下落以后，就不会再和她往来了。这和服和腰带我权且心领了，可就这一次……您能理解我吗？"苗子诚恳地说。

"知道啦。"秀男说，"时代祭那天您来吧。请苗子小姐系上这条腰带，让我瞧瞧。我不邀千重子小姐。节日的仪仗队是从御所出发的，我在西面的蛤御门旁边等您。就这样，好吗？"

苗子的脸上久久泛起了红潮，她深深地点了点头。

对岸水边，一棵叶子发红的小树映在水里，树影不住晃动着。秀男抬起头来。

"那长着鲜艳红叶的是什么树?"

"是漆树。"苗子扬起脸回答,她顺势用震颤的手指整整头发,一不小心松散开来,乌黑的长发,一直披散到肩头和脊背上。

"哎呀!"

苗子立即涨红了脸,她拢着头发,向上绾起来,再用衔在嘴里的发卡别住,可是,有些发卡散落到地上,不够用了。

秀男眼瞅着她的姿影,一举一动都那么优美迷人。

"您留着长头发吗?"他问。

"嗯。千重子小姐也没有剪短,她梳拢得很好,男人们根本看不出……"苗子慌忙顶上头巾,说了声:"对不起。"

"……"

"我在这里,只给杉树化妆,自己不化什么妆。"

不过,她也搽点儿口红,薄薄的一层。秀男真希望她再次取下头巾,将长长的秀发披散到背上,可他哪能说得出口。秀男一看到苗子慌忙蒙上头巾,心里就泛起这种想法。

褊狭的溪谷西岸,山头渐渐昏暗下来。

"苗子小姐,该回去了吧?"秀男说着站起来。

"今天的活儿该结束了……天也变短啦。"

秀男望着峡谷东面山巅上挺拔而立的杉树林,透过树干的空隙，他看见了金色的晚霞。

"秀男师傅，谢谢啦。实在难为您啦。"苗子爽快地收起腰带，也站了起来。

"您要是感谢，那就感谢千重子小姐吧。"秀男说。不过，他能为这位杉树村的姑娘亲手织一条腰带，那种喜悦像一股暖流涨满了心间。

"别怪我啰唆，时代祭那天，请记住，我在御所的西门蛤御门等着您。"

"嗯。"苗子深深点着头，"穿着从未上身的和服和腰带，那该多难为情呀……"

十月二十二日的时代祭，连同在上贺茂神社和下贺茂神社举行的葵祭和祇园祭，在节日繁多的京城里，并称三大祭。虽说主会场在平安神宫，但游行的仪仗队是从京都御所出发的。

苗子打从一早就心神不定，她比约定时间提前半小时到达御所西门蛤御门，站在树荫下等秀男。和一个男人相约，她还是头一回。

天气晴朗，碧空如洗。

平安神宫建立于明治二十八年，正值国都迁都于京都一千一百年。不用说，在三大祭中是最新的一个。但是，因为是庆祝定都于京都的节日，千年古城的流风逸韵，都要在仪仗队里体现出来。为了展示各个时代的服饰，还要请众多名人粉墨登场。

例如和宫①、莲月尼②、吉野大夫③、出云阿国④、淀君⑤、常磐御前⑥、横笛⑦、巴御前⑧、静御前⑨、小野小町⑩、紫式部⑪、清少纳言⑫。

---

① 和宫（1846—1877），仁孝天皇第八公主，亲子内亲王。下嫁德川加茂将军。加茂殁后，落饰为尼，号静宽院宫。
② 莲月尼，即大田垣莲月（1791—1875），江户末期女流歌人，歌风优美纤细，著有家集《海人刈藻》。
③ 指京都的高级艺妓。
④ 出云阿国，生卒年不详，阿国歌舞伎创始者。原为出云大社的巫女，于京都创造"歌舞伎踊"，后发展为歌舞伎。
⑤ 淀君（1567—1615），丰臣秀吉侧室，名茶茶。居山城之淀城，生秀赖。秀吉殁后，拥秀赖于大坂城。城陷，自刃而死。
⑥ 常磐御前，生卒年不详。平安末期女官。嫁源义朝，义朝死后，为保子命委身于平清盛。后再嫁藤原长成。
⑦ 横笛，《平家物语》中的女子。建礼门院杂仕。为平重盛臣子泷口入道所追恋。后双方堕入空门。
⑧ 巴御前，生卒年不详。镰仓初期女子。艳丽骁勇，嫁源义仲，以麾下一武将，雌雄并驱疆场。夫死，再嫁和田义盛。义盛败亡，遂祝发为尼。
⑨ 静御前，生卒年不详。源义经爱妾，色美且善歌舞。源氏兄弟阋墙后，同义经诀别于吉野山，被执，送镰仓，于源赖朝、北条政子前翩然起舞，表达对义经思恋之情。
⑩ 小野小町，平安前期歌人，歌风柔艳。传说中的绝世美女。
⑪ 紫式部，生卒年不详。平安中期女官，藤原为时之女，《源氏物语》作者。
⑫ 清少纳言，生卒年不详，平安中期女官，中古三十六歌仙之一。本姓清原。古典随笔《枕草子》作者。

还有，大原女、桂女①。

因为杂有娼妓、女演员和商女，故先举出了以上这些女子来。当然，楠正成②、织田信长③、丰臣秀吉④等，王朝公卿和武人也很多。

仪仗队犹如一幅京城风俗的画卷，长而又长。

女人加入游行行列，是昭和二十五年以后的事。她们把节日打扮得更加华艳、风流。

仪仗的先头有明治维新时期的勤王队、丹波北桑田的山国队，后尾是延历时代文官上朝的队列。一到达平安神宫，就站在凤辇前面致祝辞。

队伍是从御所出发的，在御所前的广场上观看最好。所以，秀男才邀苗子到御所来。

苗子站在御所便门的树荫里等秀男，由于来往的人很多，没有人注意她。倒是有个商家模样的中年妇女，向她走过来："小姐，这腰带真好看。哪儿买的？和衣服挺相配……让我瞧瞧。"说着，她摸了摸，"能让我再看看后面

---

① 居住于京都西部桂地区，头戴白布，手拎木桶，在京都市内叫卖鲶鱼、糖等的女性。
② 楠（木）正成（1294—1336），南北朝时代武将。
③ 织田信长（1534—1582），战国安土·桃山时代武将。
④ 丰臣秀吉（1537—1598），战国安土·桃山时代武将，仕织田信长，灭明智光秀，筑大坂城。称太阁。

的大鼓结子吗?"

苗子转过身子。

"哇!"那女人赞叹了一声。被人家打量一番,苗子反而显得平静了。她能穿这样华美的和服,系如此漂亮的腰带,这可是从来没有过的。

"让您久等啦。"秀男来了。

仪仗将从这里出发,紧靠御所的观览席被拜佛团体和旅游协会占据,秀男和苗子只得站在相邻的观览席的后列。

苗子第一次站在这样好的席位上,她凝睇眺望着仪仗队的行列,忘记了秀男,也忘记了自己身上的新衣裳。

这时,她蓦然回过神来。

"秀男师傅,在瞧什么呢?"

"我在瞧松树的青绿。看,那仪仗队以绿色松林为背景,队伍也被映衬得越发醒目啦。这御所广阔的庭院不是长满了黑松吗? 我可喜欢啦!"

"……"

"我也从旁盯着您呢,没感觉吗?"

"真讨厌。"苗子低下眉来。

深秋里的姐妹

　　在节日众多的京都，较之"大文字"，千重子更喜欢鞍马火祭。苗子离得不远，也去看过。但是，以往的火祭，两个人即便是交肩而过，也不会互相引起注意。

　　从鞍马道至参道，家家户户扎上树枝，向屋顶喷水。到了夜半，人们举着大小各种火把，一路呼喊着"哼呀咳哟"，登向山顶的神社。火焰熊熊燃烧。接着，出现了两顶轿子，村（现在是町）里的妇女们全体出动，拉着轿子的绳索。最后，献上大火把，活动一直持续到天亮。

　　然而，今年不举行这种闻名的火祭了，据说是为了节约。伐竹祭照例举行过了，而"火祭"却停止了。

　　北野天神的"芋茎祭"今年也没有了。据说因为芋茎歉收，无法装点芋茎轿子。

　　在京都，鹿谷安乐寺的什么"南瓜供"啦，莲花寺的什么"黄瓜封"啦，这样的祭祀活动也不少。所有这些，都表达了古都乃至京都人的一个侧面。

近年来，得以恢复的是：岚山河水里龙船上的迦陵频伽①，还有上贺茂神社庭院里的曲水流觞吧。这些都是王朝贵族的风流逸事。

曲水宴，人们身着古人衣冠坐在岸边，当酒杯流到跟前时，或吟诗作画，或即兴挥毫，然后掬起面前的酒杯，一饮而尽，再将酒杯放入水流。左右有童子伺候。

这是从去年开始的节日活动，千重子去看了。王朝公卿的先头是和歌诗人吉井勇。（这位吉井勇已经辞世，如今不在了。）

恢复后的活动因为是新近的事，似乎不为人们所熟悉。

千重子今年也没有观看岚山的迦陵鸟，她以为缺乏悠闲的情味。京都有的是古色古香的庆典，看都看不完。

——也许是由于被阿繁这位勤劳的母亲一手养大，也许千重子天生就是这样的性格，她一大早就起来，仔细揩拭格子门窗。

"千重子，时代祭上，你们两个倒是玩得很开心啊！"吃罢早饭，收拾完毕，真一打来了电话。看来，真一又把苗子当成千重子了。

"你去了吗？怎么连个招呼都不打……"千重子耸耸

---

① 想象中的极乐净土的一种鸟儿，鸣声优美，听之无厌。

肩膀。

"我本来想约你的，可是哥哥不允许。"真一说得挺坦率。

千重子迟疑了，没有提醒他认错人了。但是，千重子从真一的电话里联想到，苗子穿着自己送的和服，系着秀男织的腰带，去观看时代祭了。

苗子的同伴肯定是秀男。这件事，千重子一时有些意外，但随后心里立即热乎乎的。她笑了。

"千重子，千重子!"真一在电话里喊着，"怎么不说话呀?"

"给我打电话的不是真一吗?"

"是的，是的。"真一笑起来，"现在，主管先生在吗?"

"不，还没来……"

"千重子，你感冒了吗?"

"你听出我感冒了? 我刚刚在外面擦木格子呢。"

"是吗?"真一似乎晃动了一下听筒。

这回，千重子笑得很开朗。

真一压低声音说:"是哥哥叫我打电话的，现在换他跟你说话。"

千重子对真一的哥哥，就不像对真一那样自由自在。

"千重子小姐，教训过主管先生了吗?"龙助突然问道。

"嗯。"

"哦，真了不起！"龙助提高了嗓门，"真了不起!"他又重复一遍。

"妈妈在后头听见了，差点儿吓坏啦。"

"是吗?"

"我对他说，我打算学学店里的买卖，请把账簿全部拿出来给我看看。"

"嗳，这很好嘛。您能说出来，就好。"

"然后，我又叫他把保险柜里的存折、股票、债券等东西，全都拿出来。"

"干得好，千重子小姐，您真不简单。"龙助控制住情绪，"千重子小姐，看您平时是个文静的姑娘，可是……"

"还不都是仗着龙助君的指点吗?"

"不是我指点您，附近的批发商也有一些奇怪的谣传。想着如果您不便说，就由我父亲或我自己去决心说个明白。不过，还是由您说最好。主管先生的态度有变化吗?"

"嗯，总是有点儿。"

"是吗?"龙助在电话里沉默了好长时间，"这样最好啊。"

龙助在那边似乎有些犹豫不决，然后对千重子说:

"千重子小姐，今天下午，我到您家店里去一趟，方便

178

吗?"他说,"真一跟我一起……"

"没什么不方便的,我这里不会有什么不得了的事儿。"千重子回答。

"您是闺阁小姐嘛。"

"瞧你。"

"怎么样?"龙助笑了,"最好趁着主管还在店内的时候,我也要给他点颜色看看。千重子小姐,您不必有什么顾虑。我会看着主管先生的表现,相机行事的。"

"啊?"千重子再没有话可说了。

龙助家的店是室町一带的大批发商,同伙们也都各自雄踞一方。龙助虽然正在读研究生,但店里的重担自然而然地落在他的肩膀上。

"到了吃甲鱼的时节啦。我在北野的大市预订了席位,敬请光临。您家父母,由我出面请吃饭不合适,所以就只您一个……我将带着小稚儿一起去。"

"唔。"千重子很感诧异,她只是应了一声。

真一扮作稚儿坐在祇园祭的长刀彩车之上,已经是十多年前的事了。哥哥龙助,现在还是半开玩笑地管真一叫作"小稚儿"。也许因为真一身上,至今依然保留稚儿般可爱的温柔的性情吧……

千重子对母亲说:"龙助和真一打电话来,说他们下午要来我家呢。"

"真的吗?"母亲阿繁显得有些意外。

午后,千重子登上后院二楼,化妆上虽然不想太惹眼,但还是精心地修饰一番。她认真梳理着一头长长的秀发,怎么也绾不成一个可意的发型。衣服也是挑来捡去,不知穿哪件好。

她终于下楼了,一看,父亲早已出门,不在家里了。

千重子来到里面客厅,拨了拨炭火,向周围打量了一下。她看看狭窄的庭院,老枫树上的苔藓,依然绿油油的,树干上寄生的两株紫堇,叶子已经发黄了。

切支丹灯笼脚下的那棵小山茶树,开放着红花,那红色看上去鲜艳夺目,胜过红玫瑰,深深印在千重子的心里。

龙助和真一来了。他们向千重子的母亲郑重行了礼之后,龙助一人来到账房,端坐在主管面前。

主管植村慌忙走出柜台,再次向龙助施礼,久久问候一番。龙助虽然也加以应酬,但神情严肃,态度冷淡。植村自然明白,来者不善。

植村琢磨着,这位学生哥儿究竟干什么来了?可是,他被龙助的气势所压倒,一筹莫展。

龙助等植村停下嘴,便沉静地说道:

"贵店生意兴隆,经营有方啊。"

"嗯,承蒙夸奖,谢谢。"

"家父等人时常谈起，佐田先生多亏有植村先生，您经验丰富，乃商界老手……"

"实在不敢当。同水木先生的大店相比，我们小店不值一提。"

"哪里，哪里。我们只是到处伸手，既是绸缎批发商，又是杂货铺呀！我不喜欢。像植村先生这样兢兢业业、稳扎稳打经营的店铺，眼下是越来越少啦……"

植村正要回答，龙助已经站起身来，朝着千重子和真一所在的里间客厅走去。植村带着一副尴尬的表情望着龙助的背影。这位主管终于明白，千重子想查账，看来是和这个龙助暗暗商量好的。

龙助来到里间客厅，千重子用询问的眼光看着他。

"千重子小姐，我已经叮嘱主管了，因为之前是我让您去说的，我有这个责任。"

"……"

千重子低下头，为龙助沏薄茶。

"哥哥，你看枫树干上的紫堇，"真一用手指着，"不是有两株吗？千重子多年前就把那两株紫堇当成亲密的恋人啦……两株花虽然靠得很近，但决不会到一起去……"

"唔。"

"女孩子嘛，总爱把事情想得很美。"

"讨厌，别再编派人啦，真一。"千重子把沏好的茶端到龙助面前，她的手微微颤动。

三人乘上龙助店里的汽车，驶向北野六番町大市甲鱼饭馆。大市是一家富有传统风格的老店，来往宾客，人人皆知。房子古旧，天棚低矮。

这里的名菜清炖甲鱼，就是所谓甲鱼火锅，餐食收尾时制成杂烩饭。

千重子浑身暖洋洋的，她有点儿醉意朦胧了。

千重子红到了耳根。她脖颈上细白的肌肤柔润而光艳，洋溢着青春的性感，娇媚迷人。她杏眼微饧，不时抚摸一下面颊。

千重子没有沾一滴酒，但甲鱼火锅的汤汁一大半是酒。

车子在外面等着，千重子担心自己的脚步走不稳当。不过她还是兴奋异常，话也多了起来。

"真一，"千重子冲着好说话的弟弟说，"时代祭在御所的庭院，你看到的一对儿不是我，认错人啦。你离得很远吧？"

"用不着隐瞒嘛。"真一笑了。

"我一点儿不骗你。"千重子不知说什么好，"告诉你吧，那女孩儿是我姐妹。"

"什么？"真一怪讶地问。

千重子也许在思忖，自己在赏花季节的清水寺，曾经告诉真一她是弃儿，真一当然也会告诉哥哥龙助的。即便真一不对哥哥说，由于两家的店铺靠得很近，也会无意之中传出去的。

"真一，你在御所庭院看见的……"千重子犹疑了一下，"她是我孪生姐妹的另一个。"

这件事，真一也是第一次听说。

"……"

三个人久久地沉默着。

"我是被丢弃的。"

"……"

"要是真的，怎么没有丢在我们家店门口呢？真的，要是丢到我们家店前该多好啊！"龙助一片真诚，他连连说了两遍。

"哥哥，"真一笑了，"那可不是现在的千重子，那是刚刚降生的婴儿。"

"婴儿也很好嘛。"龙助说。

"那是哥哥见到现在的千重子，你才这么说的呀。"

"不是。"

"现在的千重子，是在佐田先生无微不至的关怀和呵护下长大成人的。"真一说，"那时候，哥哥你也还是小孩子，一个小孩子怎么扶养一个婴儿呢？"

"能扶养。"龙助强辩道。

"唔。哥哥总是这样自信，不服输。"

"也许是的，可我很想养育千重子，家中的母亲也一定会帮忙的。"

千重子酒醒了，她额头变得白皙起来。

秋季里北野的舞蹈会将持续半个月，闭场前一天，佐田太吉郎独自一个人外出了。茶屋送来的门票当然不止一张，可是太吉郎谁也不想邀请。否则，看完舞蹈回来，一帮子人到茶屋玩，岂不更麻烦。

舞蹈开始前，太吉郎闷闷不乐地坐到茶席上。今日当班坐着点茶的艺妓，也没有一个太吉郎的旧相识。

旁边站着一排七八个少女，等着帮忙端茶。她们一律穿着粉红的"振袖"和服。

"哦？"太吉郎惊叫一声。那个一身盛装的少女，不是那天跟着花街老板娘，和自己一同坐在"丁铃电车"上的吗？——只有她一人是蓝色和服，也许是见习吧？

那位蓝衣少女为太吉郎端来薄茶，放在他面前。她当然要遵守茶道的规矩，一本正经，不苟言笑。

但是，太吉郎的心里轻松多了。

舞蹈是称作《虞美人草图绘》的八景舞剧，是表现中国的项羽和虞姬的悲剧，人人皆知。虞姬拔剑自刎，被项羽一把抱住，于四面楚歌之中死去，项羽也随之战死疆场。

可下半场转回日本，是熊谷直实[1]和平敦盛以及玉织姬的故事。熊谷讨伐敦盛后，因感人生无常而出家为僧。他凭吊古战场，看到敦盛墓周围，虞美人草花红耀眼。忽闻笛声悠扬，敦盛的魂灵出现了，请求他将青叶之笛纳于黑谷寺，玉织姬的魂灵则托他将墓边虞美人草的红色花朵献给神佛。

这出舞剧之后，还有一出是热闹的新型舞剧——《北野风流》。

上七轩，不同于祇园井上流派[2]的舞蹈，属于花柳流派[3]。

太吉郎出了北野会馆，路过一家富于古趣的茶屋，呆然枯坐。

"叫个姑娘来吗?"茶屋老板娘问。

"唔，就要那个咬舌头的艺妓。还有那个穿蓝色和服献茶的姑娘呢?"

"那个坐'丁铃电车'的吗? 就过来打个招呼可好?"

艺妓未到之前，太吉郎一个劲儿喝闷酒。等艺妓一来，

---

[1] 熊谷直实（1141—1208），镰仓初期武将。初仕平知盛，后降源赖朝，追讨平家有功。又与久下直光争地，败走京都，皈依佛门，师事法然，称莲生。

[2] 上方舞之一，江户后期京都初代井上八千代（1767—1854）创始。动作纤细而丰富，尤以女性柔软而妩媚的腰肢动作见长。

[3] 初代花柳寿辅为始祖的舞蹈流派。

故意离开了。艺妓跟在他后面，太吉郎问："现在还咬人吗？"

"哟，还记得呀？不咬啦，不信伸出来试试看。"

"好可怕。"

"真的，不咬啦。"

太吉郎伸出舌头，立即被她那温热而香软的舌头吮吸住了。

太吉郎轻轻拍着女子的脊背，说：

"你堕落啦。"

"这叫堕落吗？"

太吉郎想用水漱漱口，但艺妓就站在身旁，他不能那么做。

艺妓的这番恶作剧，真是不遗余力。对于艺妓，也许瞬息即逝，没有别的意思。太吉郎并不讨厌这个年轻的艺妓，也不认为她不干净。

太吉郎正要回到座席上去，艺妓拉住他说：

"等等。"

她掏出手帕，擦擦太吉郎的嘴角，手帕沾上了口红。艺妓把自己的脸凑到太吉郎眼前瞧了瞧。

"好啦，这下子行啦。"

"谢谢……"太吉郎将手轻轻搭在艺妓的肩膀上。

艺妓留在盥洗室的镜子前，她要在嘴上补一些口红。

太吉郎回到座席，早已没有一个人影了。他一气喝了两三杯冷酒，权当漱漱口。

尽管如此，他身上总觉得哪里残留着艺妓的体香或香水的气味。太吉郎似乎也觉得自己变年轻了。

虽然艺妓这一招儿玩得出其不意，太吉郎感到自己太麻木了。大概是长期没有和年轻女子玩玩的缘故吧。

这个刚满二十岁的艺妓，也许是个很有情趣的女子吧？

老板娘领着女孩儿走进来。依然是那身蓝色和服。

"您要的人儿来啦。刚才说了，只打个招呼，她到底是个孩子。"老板娘说。

太吉郎看着女孩儿，问："刚才是你端茶来的?"

"是，"毕竟是茶屋的孩子，她一点儿也不畏葸，"我知道您是先前那位伯伯，所以就端过来啦。"

"唔，真是，谢谢，你还记得我?"

"记得。"

艺妓也回来了。婆子对艺妓说：

"佐田先生，可喜欢小千惠啦。"

"真的?"艺妓瞧着太吉郎的脸，"您倒挺有眼力的，还得再等三年。而且，小千惠来年春天要到先斗町去。"

"先斗町? 为什么?"

"她想当舞女，听说她很羡慕舞女那身穿戴。"

"哦？要当舞女，在祇园不是很好吗？"

"小千惠的姑妈在先斗町。"

太吉郎注视着那个少女，他想，不论在哪里，她都会成为一个出色的舞女。

西阵丝绸纺织工业工会，采取了断然的、前所未有的措施，决定自十一月十二日至十九日的八天，所有织机停梭。十二日和十九日是星期日，实际只停工六天。

原因有种种，一句话，自然是出于经济上的考虑。亦即因生产过剩，库存达三十万反，临时停机，就是为了处理这匹商品，改善经营方法。近来，资金周转越来越困难，也是其中一个原因。

从去年秋天到今年春天，西阵绸缎贩卖公司也一个接一个倒闭了。

停机八天，大致减产八九万反。但是其结果还好，看来是成功了。

然而，只要看看西阵的丝绸纺织街，尤其是小巷，就会明白，这些都是零散的家庭手工作坊。真亏他们都能严守这次的规制。

古旧的瓦葺的小屋，深深的庇檐，一排排蹲伏于老街陋巷，有二层楼的，也很低矮。街道荒寒，一片零乱，就连织机的声响，也是从晦暗之处传来的。有的不是自家织

画 ｜ 川 瀬 巴 水

机，而是租赁来的。

但是，申请"免除停机"的只有三十多家。

秀男家里不织和服成衣，只织腰带。他们有三台高座织机，不用说，白天里也是开着电灯干活儿。幸好，机房在后面的空地上，还算亮堂。但是，家里那点儿粗陋的厨房用具往哪儿搁？家人又在哪儿休息、睡觉呢？

秀男身强力壮，聪明能干，还有对工作的热情。但是一天到晚，坐在高座织机窄小的木板上不停地织，恐怕屁股上都磨出老茧了。

秀男邀苗子去看时代祭时，比起那些各种时代服装的仪仗队，他更注意背景里御所那片广袤的青松。这是因为他从日常繁忙的生活里得到解脱的缘故吧？对于整天待在深山老林劳动的苗子来说，是她难以体会的……

然而，秀男在时代祭上，看到苗子系着自己织的腰带以后，他干起活来更加勤快了。

千重子打从和龙助、真一兄弟一起去大市之后，虽说还没到苦不堪言的地步，但有时就像丢了魂儿似的，细想想，还不是心有所恼吗？

京都从十二月十三日，"年事开始"的一天过去了。这里的冬天天气多变，有时候，晴天里下起阵雨来，雨点儿在阳光里闪亮，偶尔夹着冰霰，晴一阵阴一阵。

十二月十三日是"年事开始"的日子，从这天起，京都就要准备过年了。按老规矩，人们开始互相赠送岁暮礼品。

严守这些传统礼仪的，依然首推祇园等地的花街。

艺妓、舞女等走街串巷，给平素照顾自己的茶屋老板娘和歌舞音曲的师傅，还有艺妓老姐姐们的家里送年糕。

然后，舞女们挨家去拜年，道一声"恭贺新禧"，庆祝一年平安地过去，希望来年继续给予关照。

这一天里，艺妓和舞女们比平时打扮得更加绚丽多姿。她们来来往往，香尘满路，稍稍早来的年末景象，将祇园一带装点得五彩缤纷。

千重子的商店街，没有这般华丽。

千重子吃过早饭，一个人登上里院的二楼。她想简单地化一下晨妆。但是，她的手总也找不到地方。

千重子在北野甲鱼饭馆，听到龙助激情的话语，心里一直不平静。他说什么当时还是婴儿的千重子，要是扔在他家门前该有多好，这话是否太重了一些？

龙助的弟弟真一和千重子青梅竹马，又是读到高中为止的同学。真一性情和顺，他虽然也喜欢千重子，但不会说出这种使她震惊的话语来，他们交往也很自然。

千重子认真梳理一下长发，垂在背后，下了楼。

早饭似了未了的当儿，北山杉村的苗子给千重子打来了电话。

"是小姐吧?"苗子叮问了一声,"我想见小姐一面,我有话给您说。"

"苗子,好想你呀……明天行吗?"千重子回应道。

"我什么时候都行……"

"你到我们店里来吧。"

"对不起,我不能到您家店里去。"

"苗子的事,我已经对妈妈说过了,爸爸也知道。"

"我不愿意见到店员。"

"……"千重子沉思片刻,"那么,我去你们村吧。"

"我这里很冷,不过您能来,我很高兴……"

"我还想看看杉树呢……"

"是吗? 天气冷,有时还会下阵雨,您来时要做好准备。不过可以烤火,这里有的是木柴。我在路边干活儿,您来我马上就能看到。"苗子爽快地回答。

冬天的花

　　千重子套着长裤，穿上毛衣，这可是从来没有过的，脚上厚厚的袜子也很惹眼。

　　父亲太吉郎在家里，千重子坐在他面前请安。太吉郎望着千重子一身不同寻常的打扮，问：

　　"要进山吗？"

　　"是的。北山杉那姑娘想见我，她有话跟我说……"

　　"是吗？"太吉郎毫不犹豫，"千重子。"

　　"哎。"

　　"那孩子要是有什么苦恼或困难，就把她接到咱们家来吧……我收留她。"

　　千重子低下头。

　　"那样很好，两个女儿，加上我，还有妈妈，那就更热闹啦。"

　　"谢谢爸爸，谢谢爸爸！"千重子鞠了一躬，眼泪落到腿上。

"千重子，你是父母从小养大的，是爸爸妈妈的心肝儿宝贝儿。对那个姑娘也一样，不分你我。听说她像你，肯定是个好姑娘。把她接来吧。二十年前，双胞胎不讨人喜欢，现在可不是了。"父亲说。

"阿繁，阿繁!"他喊妻子。

"爸爸，我非常感谢爸爸的一片好意。不过，那姑娘，苗子，她决不会到我们家来的。"千重子说。

"那又是为什么呢?"

"还不是怕影响我的幸福嘛，即使一点点，她也不愿意。"

"那怎么会呢?"

"……"

"那怎么会影响呢?"父亲又重复一遍，他歪着头在思索。

"今天我也跟她说过了，我说反正爸爸和妈妈都知道了，他们叫你到门店里来呢。"千重子边哭边说，"她好像对店员和街坊邻里有顾虑……"

"店员怕什么?"太吉郎终于喊叫起来。

"爸爸的意思我都知道了，今天我再跟她说说看。"

"那好。"父亲点点头，"路上当心啊……还有，你可以再把我刚才的话对苗子讲一遍。"

"哎。"

千重子穿上雨衣，围好风帽，鞋子也换成了胶皮雨靴。

早晨中京的天空一片晴朗，不知何时阴沉下来了，也许北山正在下雨吧。从城里的景象看，很有可能。京都要是没有一群优美的山丘的遮挡，说不定能看到温雪的天气呢。

千重子乘上国铁的公共汽车。

北山杉的中川北山町，运行着国铁和市营两种公交车。市营公交车到达京都市（现在扩展大了）最北的山口，然后按原路返回。国铁公交车则一直通到遥远的福井县的小浜。

小浜位于小浜湾的岸上，透过若狭湾面向日本海。

冬天里，乘公交车的人不是很多。

两个搭伴的青年男子目光犀利地直盯着千重子，千重子有些不安，戴上了风帽。

"小姐，请您不要那样，不要把脸遮住。"其中一个男子用沙哑的声音说，听起来不像个青年。

"干什么？住口！"旁边的男子说。

央求千重子的男子戴着手铐，不知犯了什么罪。旁边的男子似乎是刑警，看来，他要押解这个犯人翻过后面的山岭到某个地方去。

千重子不能摘下风帽让他们看到自己的脸孔。

车子抵达高雄。

"高雄，究竟到哪里了呀？"一个乘客问。倒不是一点也看不清楚。枫树的叶子落光了，树梢细细的枝条描画着一派冬景。

"栂尾下"停车场上，没有一辆汽车。

苗子一身劳动服，来到菩提瀑车站迎候千重子。

千重子的这身打扮，她一下子竟然没有认出来。

"小姐，欢迎您啊，这深山老林的，您还真的来啦。"

"这里哪是什么深山呀。"千重子没来得及脱手套，一把攥住苗子的双手，"真高兴啊，打夏天就没再来过。夏天那次在山林里，多亏了你啦。"

"那算什么呀。"苗子说，"哎，可也是，那时候，要是朝咱俩头上砸下个雷来，真不知会怎么样呢。不过，就算那样，我还是很开心……"

"苗子，"千重子一边走，一边说，"你打来电话，肯定是有什么特别的事吧。你还是先告诉我什么事儿，让我放下心来，才好慢慢聊啊。"

"……"苗子穿着劳动服，头上顶着手巾。

"什么事情呀？"千重子又问了一遍。

"是这么回事儿，秀男说，他想和我结婚，因此……"苗子摇晃了一下身子，随即抓住千重子。

千重子一把抱住就要跌倒的苗子。

整天干活儿的苗子，身体很结实。——夏天打雷的时候，千重子只顾害怕，没有注意到这些。

苗子立即端正了姿势，她被千重子抱在怀里，心里很自在，所以也没有辞让。可以说，她是被千重子抱着走的。

抱着苗子的千重子，其间也多半是靠在苗子身上，这两个姑娘都没有感觉到这一切。

千重子没有取下风帽，她问："苗子，那么，你是怎么回答秀男的呢?"

"回答……我怎么能当场就回答他呢?"

"……"

"他之前把我当成了您，虽然现在已经没有认错了。不过秀男的心底，早已深深印上了您的影子。"

"哪有那么回事呀?"

"不，我对这点很清楚。即便没有认错人，他也是和千重子小姐的替身结婚。秀男从我身上看到了您的幻影。这是第一……"苗子说。

——千重子记得，春天郁金香盛开时节，从植物园回来，走到加茂堤时，父亲曾经对母亲说，要把秀男招来做千重子的女婿。

"第二，秀男家不是腰带织匠吗?"苗子强调说，"那么他肯定和您的店有来往，要是我也牵连在内，就会给您带来麻烦，周围的人也会觉得奇怪。这样，我就是死也无法给您赔罪啊。还不如干脆躲到山坳坳去呢……"

"你是这么看吗?"千重子摇着苗子的肩膀，"今天，我来你这里，跟父亲说过了，母亲也知道。"

"……"

"你猜父亲怎么说?"千重子越说越激动，她又摇着苗子的肩膀。

"他说，苗子这孩子要是有什么苦恼和难处，就接到我们家里来吧……我取得了爸爸亲生女儿的户籍，但爸爸说，他会尽量待你好，不分你我的。他说，只我一个人，太冷清啦。"

"……"苗子摘下了手巾。

"谢谢。"她捂住了脸，"我打心里感激不尽。"然后，老大一会儿没有说话。"我呀，嗒，没有一个知冷知热的人可以依靠，孤苦伶仃的，为了忘掉就拼命劳动。"

千重子安慰她说:

"关键的不是秀男的事儿吗?"

"我不能随便地回答他。"苗子呜咽起来，她瞧着千重子。

"给我吧。"千重子接过苗子的手巾，"都哭成这样了，怎么进村啊……"说罢，她擦擦苗子的眼角和脸颊。

"没事儿，我性格坚强，一个人干两个人的活儿。可就是爱哭。"

千重子给苗子擦过脸，苗子顺势把面孔埋在千重子怀里，反而更加悲伤地啜泣起来了。

"你很难过吗？苗子，感到孤独吗？别哭啦。"千重子轻轻拍着苗子的脊背，"你再哭，我可要走啦。"

"不行，不行。"苗子慌了神儿，她接过千重子手里自己日常用的手巾，使劲儿擦了一下脸。

冬天里谁也认不出，只是白眼珠儿稍稍变红了。苗子用手巾把脸包得严严的。

两个人默默走了一阵子。

北山杉，整枝一直整到了树梢，千重子看到梢顶还留着几片残叶，她觉得那是淡青色的冬天的花。

千重子趁着这个时候对苗子说：

"秀男亲手画的腰带图案一定很好看，他织起来也很仔细，很认真。"

"嗯，我也知道。"苗子回答，"秀男邀我去看时代祭，他对各个时代的仪仗游行倒不怎么在意，可是对背景上御所青青的松林，还有东山的颜色变化很感兴趣。"

"因为秀男看惯了时代祭吧……"

"不，好像不是那样。"苗子强调道。

"……"

"他说等游行完了，请我到家里去一下。"

"家？你去了秀男的家啦？"

"嗯。"

千重子有些吃惊。

"家里有两个弟弟，他还带我到后面空地看了看。说我们俩要是成亲了，就在那里盖一座小房子住，自己喜欢织什么就织什么。"

"那不是很好吗？"

"很好——？秀男和我结婚，还不是把我当成您的幻影吗？我也是个女孩子，这一点瞒不了我。"苗子又重复说道。

千重子不知所措，她茫然地走着。

那条狭窄溪谷旁边的小山沟里，洗涤杉树圆木的女人们休息了，她们围坐在一起烤火，木柴的烟雾飘散到天空。

苗子来到自家门前。说是家，其实是一座小屋。长年失修，草葺的屋顶歪斜着，高高低低。因为是山里人家，有一个小院子，随意生长的南天竹，高高的枝条上结着红红的果实。七八棵南天竹，枝干交合，绿叶纷披。

然而，这座寒碜的小屋子，可能也是千重子的家。

她们打旁边经过时，苗子的泪水已经干了。她在思忖着，这个家的底细要不要告诉千重子呢？千重子生在姥姥家，也许她没在这个家里待过。苗子还是婴儿的时候，就先后失去了父亲和母亲，就连她也记不清是否在这座小房子里住过。

幸好，千重子没怎么留意这座破烂的屋子，她只顾抬眼望着杉树林，注视着排列整齐的杉树圆木。她们经过这里时，苗子也没有再提家里的事情。

高大而挺拔的树干，树梢上残留着几片叶子，千重子说那是"冬天的花"，可不，那真是冬天的花啊。

多数人家的檐下和楼上，都晾晒着一排排剥了皮、洗得很干净的杉树圆木。那莹白的圆木，从根部整整齐齐地排列在一起，单从外观上就显得很美，比什么样的墙壁都好看。

山上的杉树林，树根旁的野草干枯了，那整齐的笔直而粗大的树干也很漂亮。有些地方，斑驳的树干之间，可以窥见蓝天。

"这里的冬天很美丽。"千重子说。

"是的吧？我看惯了，倒不觉得了。冬天的杉树林，叶子稍稍像芒草一样，不是吗？"

"那多么像花呀。"

"花，那是花吗？"苗子有些出乎意料，她抬眼望望杉树林。

走了一会儿，看到一家古雅的房屋，大概是山林主的住宅，低矮的围墙，下半部嵌着木板，漆成土红色，上半部是粉墙，瓦葺的屋顶。

千重子站住了，"这房子真好。"

"小姐，我就寄居在这个家里，进去看看吧。"

"……"

"无碍的，我住在这里已经快十年啦。"苗子说。

苗子三番五次跟千重子说过，她认为秀男和自己结婚，只是把她当成是千重子的替身，更是幻影。

"替身"倒可以理解，至于"幻影"，究竟指的是什么呢？——尤其是作为结婚的对象……

"苗子，你老是幻影，幻影，那么幻影是什么呀？"千重子一本正经地问道。

"……"

"幻影嘛，是无形的东西，手也摸不着。"千重子继续说，她不由涨红了脸。这个不仅是面孔，而且任何一处都同自己一模一样的苗子，就要为一个男人所有了。

"对呀，幻影本来就是无形的嘛。"苗子回答，"幻影可能存在于男人的头脑里，或者心头上，也可能表现在别的方面，谁又能说得清呢？"

"……"

"苗子即使活到六十岁，幻影中的千重子小姐还是像今天这般年轻。"

苗子的话使千重子很感意外。

"你都想到哪儿去了？"

"美丽的幻影永远不会令人生厌。"

"那也不一定。"千重子鼓着勇气说了这句话。

"对于幻影，你不能踢，也不能踩，否则跌跤的是你自己。"

"唔。"千重子看到苗子也有嫉妒心，"真的有幻影吗？"

"这儿……"苗子摇晃着千重子的前胸。

"我不是幻影，我和你是孪生姐妹。"

"……"

"要是那样的话，苗子不就是和我的幽灵做姐妹吗？"

"瞧您说的，喏，我是和这个千重子小姐做姐妹。不过，说是幻影只限于秀男一个人……"

"你想得太多啦。"千重子微微低着头，走了一会儿，"我们三个人，在一起谈谈心不好吗？"

"谈什么心？——有时会说真心话，有时也不见得……"

"苗子啊，你疑心很重呀。"

"那倒不是，作为一个女孩子，我有我的想法。"

"……"

"北山的雨是从周山上袭来的，山上的杉树也……"

千重子抬眼望着。

"快回去吧，看样子要下雪霰啦。"

"我怕万一下雨，所以带了雨衣来啦。"

千重子脱掉一只手套，"这只手不像是小姐的手吧？"

苗子一怔，用自己的双手包住了千重子的这只手。

时雨是在千重子毫无觉察的时候到来的，也许连住在这村里的苗子都没有留意。这雨既不是小阵雨，也不是毛毛雨。

千重子听苗子一说，随之抬眼望着周围的山峦，上面弥漫着寒冷的雨雾，山脚下的杉树林，那排列整齐的树干反而更加清晰了。

其间，一群小山雾霭缭绕，模糊一片。这雾气来自天上，自然和春雾不同。可以说，这种雾气更带有京都的韵味。

看看脚下，地上已经濡湿了。

一时，群山蒙上薄薄的灰色，似乎也被水雾包裹了。

不一会儿，溟蒙的水雾顺着山坡流淌下来，夹杂着稍许的白色，变成了雪霰。

"我们快走吧。"苗子对千重子说，因为她看到了白色的雾气。不是雪，而是雪霰，但那白色，时而消隐，时而显现。

随着时间的推移，山谷渐渐变得晦暗了，骤然冷起来。

千重子也是京都姑娘，对北山的雨并不感到稀奇。

"趁着还没有变成严寒的幻影……"苗子说。

"又是幻影……"千重子笑了，"我穿着雨衣来啦……冬天的京都，天气多变，这雨还会停的。"

苗子仰望天空，"今天还是请回吧。"说罢，她将千重子脱掉手套的那只手，紧紧攥在自己手里。

"苗子，你真的考虑过结婚吗?"千重子问。

"只是一点点儿……"苗子回答。然后，她满怀情爱地给千重子戴上了那只手套。

这时候，千重子说:

"到我家店里来一趟吧。"

"……"

"你来吧。"

"……"

"等店员下班之后。"

"是晚上吗?"苗子吃惊地问。

"你就住在我家，反正父亲和母亲都知道你的事。"

苗子的眼睛里浮现着喜悦，但立即又犹豫了。

"就一个晚上，我和你一起睡。"

苗子转向路边，不让千重子看见，她偷偷地流下了眼泪。当然，千重子不会不知道。

千重子回到室町的店里，这一带市街仅仅是阴天。

"千重子，你回来得正巧，没有淋雨。"母亲阿繁说，"爸爸在里屋等你。"

千重子向父亲请安，太吉郎没等听完就赶紧问道：

"怎么样？千重子，那姑娘怎么说？"

"哎。"

千重子不知如何回答才好。要想三言两语讲清楚，是很困难的。

"怎么啦？"父亲又追问一句。

"哎。"

苗子的话，千重子自己也是有的明白，有的不明白。——实际上，秀男想跟千重子结婚，因为很难如愿便死了心，转而向酷似千重子的苗子求婚。苗子那颗少女的心灵，早已看穿了这一点。于是，她就对千重子讲了一通奇妙的"幻影论"。秀男钟情于千重子，也许是想借着苗子寻求慰藉吧？千重子认为，这并非完全出于自己的自负。

但是，事情也许不仅如此。

千重子羞得脸一直红到了脖颈，她不好意思正面看着父亲。

"苗子那姑娘，不是一心想要见你吗？"父亲问。

"是的。"千重子鼓足勇气抬起头来，"苗子告诉我，大友先生家里的秀男师傅向她求婚了。"千重子的声音有些打颤。

"哦？"

父亲望着千重子，沉默了一阵子，仿佛看透了什么事，但他没有说。

"是吗？她和秀男君？大友家的秀男嘛，很好啊。缘分真是个奇怪的东西。这也是你的关系吧？"

"爸爸，我以为，那姑娘她不会和秀男结婚。"

"哦，为什么？"

"……"

"为什么呢？我看很好嘛……"

"不是不好，爸爸您还记得吧，您在植物园说过，要把秀男招为女婿。这件事那姑娘也听说了。"

"哎？那怎么办呢？"

"还有，秀男是织匠，他家和我们店总会有些生意上的来往。她对这个也很在乎。"

父亲心中一震，陷入沉思。

"爸爸，就叫那姑娘到我们家来，住一个晚上吧。千重子求您啦。"

"当然可以。那又算什么……我不是说过，把她接到咱家也行吗?"

"她决不会来的。就住一个晚上……"

父亲温存地看看千重子。

听到母亲打开挡雨窗的声响。

"爸爸,我去帮妈妈一把。"千重子站起来。

小雨暗暗,落在屋瓦上。父亲依然坐着不动。

真一两兄弟的父亲水木龙助,请太吉郎在圆山公园的左阿弥吃晚饭。冬季日短,坐在高高的客厅里,可以看到满城明丽的灯火。天空灰暗,没有晚霞。除却灯光,城里也是这种颜色,这种灰暗正是京都的冬的颜色。

龙助的父亲作为室町一家大批发商的老板,生意做得很红火,为人刚强而富有毅力。可是今天似乎有些难言之隐。他总是犹疑不定,东拉西扯,净说些无关紧要的话磨时间。

"说实话……"借着酒劲儿,他终于要谈正经的了。平时有些优柔寡断,一味沉醉于厌世情绪之中的太吉郎,倒是猜中了几分水木的意图。

"说实话……"水木又支支吾吾了,"您家小姐有没有给您讲过龙助的鲁莽行为?"

"啊,我呀,自己虽然不争气。但龙助的一番好意,我很清楚。"

207

"是吗?"水木一下子放松下来,"那孩子很像我年轻的时候,说一不二,谁也别想强使他改变。真叫人头疼……"

"我倒认为很难得。"

"是吗?您这么一说,我倒放心啦。"水木真的吐了口气,"请多包涵。"他郑重地行了礼。

太吉郎的店尽管已经走下坡路,但同行业的年轻人前来帮忙,这本身就是一种耻辱。如果说是见习,从两家店资格来说,应该是相反。

"我倒是很感谢他……"太吉郎说,"贵店若没有龙助,不是也很难办吗?"

"哪儿话,龙助他仅仅知道一点儿生意上的事,他不是很内行。不过,我这个当父亲的,觉得他做事还挺干练的……"

"是啊,他到我们店来,一下子坐到主管面前,神情严肃,把人吓一跳啊。"

"他就是那么个脾气。"水木说,接着,又喝了一阵子闷酒。

"佐田先生。"

"哎。"

"要是龙助能到贵店帮忙,即便不是每天都去,他弟弟真一也会渐渐能干起来,我也就轻松多啦。真一这孩子性情温顺,至今龙助还老拿他开玩笑,说他是什么'稚儿'。

这是他最讨厌的事……因为他从前坐过祇园祭的彩车。"

"他生得挺讨人喜欢的，和我们家千重子从小一块儿长大……"

"说到千重子呀……"水木又一下子不吭声了。

"那个，千重子呀……"水木又重复起来，简直是怒气冲冲地叫道：

"您说，这姑娘怎么就出落得那么俊呢?"

"这可不是我们做父母有什么本领，她天生就那模样儿。"太吉郎很直率地说。

"我想您也看出来了，您的店和我们店性质差不多，龙助他想到你们店做帮手，其实呀，说到底还是想待在千重子小姐身边，哪怕半小时或一小时的。"

太吉郎点点头。水木擦擦额头，这额头和龙助长得一样。"那孩子虽说不成体统，可是很会干活儿。我决没有勉强的意思，我想万一有那么一天，千重子那丫头说不定看上我们龙助了，别怪我不要脸，请务必收他做个养老女婿，成吗? 那我就把他过继给您……"说着，他低头行礼。

"过继?"太吉郎大吃一惊，"一个大批发商的未来的老板……"

"那也不是人生中的什么幸福。这阵子，我一看到龙助就有这个想法。"

"你的愿望当然很好，不过，这件事情还得看这两个年轻人心里的想法如何。"太吉郎避开水木的话锋，说了句，"千重子，她是个弃儿。"

"弃儿又怎么了？"水木应道，"好吧，我的话，是想让您心里留个底儿。那么，龙助去贵店的事，就这样说定啦？"

"行啊。"

"谢谢，实在感谢。"水木乐不可支，喝酒的样子也变了。

第二天一早，龙助就来到太吉郎店里，把主管和店员召集到一起，实行盘货。——漆染绸①、白绸、刺绣绉绸、特级绉绸、绫子、强力绉绸、铭仙绸、罩衫、振袖和服、中袖和服、窄袖和服、金襕缎、缎子、高级印染、礼服、腰带、衬里、和服小件儿……

龙助只是瞧了一眼，没有开口。主管因为前次领教过，见到龙助有些打怵，竟没敢抬头。

尽管挽留龙助留下，他还是晚饭前回了家。

晚上，苗子"咚咚"地敲格子门，这声音只有千重子听到了。

"哎呀，苗子！天黑以后外头很冷，你来得真好啊！"

---

① 以生漆绘制花纹的印染技法，或于和服衣裾上用白漆描画雪花。

"……"

"星星也出来啦。"

"噢，千重子小姐，我跟您父母怎么打招呼呀？"

"我跟他们都说过了，就说是苗子好啦。"千重子挽住苗子的肩膀，向里屋边走边说，"吃饭了没有？"

"我在外面吃了寿司啦，不饿。"

苗子有些拘谨，看到这么一个和自家女儿一模一样的姑娘，千重子的父母惊得一句话也说不出来。

"千重子，到里院楼上去吧，你们两个好好聊聊吧。"还是母亲阿繁想得周到。

千重子拉着苗子的手，走过逼仄的廊缘，登上里院的二楼，点上暖炉。

"苗子，过来一下。"她把苗子叫到穿衣镜前照着，仔细瞧着两人的长相。

"真像！"千重子心头一热，左右交换着站，"活像一个模子刻的，呀！"

"本来就是双胞胎嘛。"苗子说。

"人假如都是双胞胎，那可怎么办呢？"

"那成天认错人，应该很伤脑筋吧。"苗子后退一步，眼睛湿润了，"人的命运真难捉摸。"

千重子也退到苗子身边，使劲儿摇晃着苗子的两个肩膀。

"苗子，就在我们这里住下吧，行吗？父亲母亲也都这么说过……我一个人太孤单啦。当然，我不知道住在杉树山上有多么快乐。"

苗子有点站不稳当，稍微摇晃了一下，随之坐下来了。接着，她摇摇头。在她摇头的时候，眼泪就要滴落在膝盖上了。

"小姐，现在，我们的生活不同，教养也不一样了。我在这室町也住不习惯呀。我只是一次，就这么一次，到您家店里来，让您看看您送我的和服……再说，您也去过两次杉树山里看望过我。"

"……"

"小姐，我们的父母丢掉的婴儿，就是小姐您哪。那时候，我什么也不知道啊。"

"那些事我全都忘掉啦。"千重子坦率地说，"对我来说，已经不再想有过那样的父母了。"

"父母他们，我想恐怕也受到了报应……我当时也是个婴儿，请您原谅吧。"

"这件事情，苗子又有什么责任和罪过呢？"

"虽说没有，正像从前我跟您说过的，苗子我不愿意影响您的幸福，哪怕一分一毫。"苗子低声地说，"我想干脆消失算啦。"

"胡说，怎么会那样……"千重子声音大起来，"我总感到有点不公平……苗子，你觉得很不幸吗?"

"不是，我只感到孤独。"

"也许幸运都是短暂的，而孤独则是长久的，对吗?"千重子说，"躺下来慢慢说吧。"千重子从壁橱里拿出了被褥。

苗子一边帮着理床，一边倾听屋顶上的声音，说:"幸福就是这个样子吧。"

千重子看见苗子聚精会神地听着，问道:

"这是时雨? 雪霰? 还是雨加雪呢?"她自己也停下手来。

"这个嘛，也许是淡雪吧?"

"雪……"

"静静的，不像是大雪，这是真正的淡雪啊。"

"唔。"

"山村里时常下这种淡雪。在我们劳动的时候，谁也没有在意，杉树叶子就变成了白花，冬季里干瘦的树木，细细的枝条上一片银白。"苗子说，"煞是好看。"

"……"

"有时候会马上停下来，有时又变成雪霰，也有时变成雨……"

"打开挡雨窗看看好吗？就知道究竟是什么了。"千重子向窗边走去，苗子将她抱住，"算啦，太冷，会感到幻灭的。"

"又是幻、幻的，苗子很喜欢用这个字儿。"

"幻……"

苗子姣好的脸蛋儿鞭然一笑，含着一丝淡淡的哀愁。

千重子开始铺被褥，苗子慌忙说道：

"千重子小姐，让我为您铺一次床吧。"

两张床铺紧挨在一起，千重子悄悄钻进苗子的被窝里了。

"啊，苗子，真暖和呀。"

"也许是干的活儿不同，住的地方也……"

苗子紧紧抱住千重子。

"这样的夜晚会很冷的。"苗子似乎一向耐冷，"微雪飘飘地下着，飘一阵子，停一阵子，再飘一阵子……今天晚上……"

"……"

听动静，父亲太吉郎和阿繁，一起上楼进了隔壁的房间。年纪大了，他们床上铺着电热毯。

苗子凑到千重子耳边小声地说：

"千重子小姐的床已经热啦，苗子到旁边的床上去。"

母亲将隔扇打开一条细缝儿，瞅瞅两个姑娘的寝室。

这是其后的事了。

第二天早晨，苗子很早起来了，她摇醒千重子说："小姐，这是我一生的幸福。趁着人家看不见，我要回去啦。"

正如昨晚苗子所说的，夜里，微雪确实下下停停，眼下依然在零星地飘落。这是个寒冷的早晨。

千重子坐起来，"苗子，没带雨衣吧？等一下。"她把自己最心爱的天鹅绒大衣、折叠伞，还有高齿木屐，一并送给了苗子。

"这些是我送你的。下回再来啊。"

苗子摇摇头。千重子抓住土红的格子门，好大一会儿，目送苗子远去。苗子一直没有回头。微雪稍稍飘落在千重子额前的头发上，立即消融了。城市依然在沉睡。

花的圆舞曲

一

《花的圆舞曲》结束了。

刹那间，未等落下的帷幕全部遮挡她们的胸脯，友田星枝的姿势猝然松垮下来了。

早川铃子单腿脚尖独立，一侧的下肢正在向上大劈叉，体重的压力集中于同星枝相牵的一只手上。就是说，铃子和星枝两副身子正在描画一种共同舞姿时，仿佛半个身子被突然切割，正向地面倒去的当儿，铃子突然抱住星枝的腹部。

星枝的一条腿趁势打个趔趄，铃子的脸孔紧贴星枝的腹部向下滑落。她想改变这种奇怪的姿态重新站直，不料一只腕子又猛然扑在星枝的肩膀上。

"混账！"

铃子扇了星枝一个耳光。

突然动手打人，连铃子本人也惊呆了，她凝视着星枝的面孔。

"这辈子再也不和星枝一起跳舞了。"

铃子说着，浑身没了力气，不由向星枝的肩头靠过去。

星枝突然转过肩头，她并非想摆脱铃子，也不是出于挨打的愤怒。然而，失去支撑的铃子向前倾倒，两手向地面冲去。

星枝仿佛不知道这是自己造成的，她头也不回，呆呆站立着，厉声说道：

"我这辈子也不会再跳舞啦！"

此时，大幕已经落到地面。

随着幕布落地的响声，观众暴风雨般的掌声随风远逝，蓦地静止下来。

舞台的照明也稍稍变暗了。

当然，这是为回应观众席喝彩，于大幕再度升起之时，使得舞台重新恢复明亮与华丽做准备。舞女们也都等着这一刻，继续保持刚才的舞姿，迅速跑动过去。舞台两侧静候着献花的少女。

掌声的波涛再次响起。

"不能那样任性的啊！"

铃子胡乱抱住星枝的肩膀，随着大伙儿身后往回走。

星枝似乎忘记了走动，像个木头人一样呆然而立，一任听从铃子的摆布。

"对不起，我是打了你这里吗？"

铃子一边笑着，一边将手伸向星枝面颊，星枝转过脸

画 ｜ 小早川清

去，喃喃自语：

"我一辈子不会再跳舞了。"

"你想过没有，要是被观众看到了怎么办？我们会遭到耻笑的啊，报纸上也会报道的。今晚的演出就都前功尽弃了。观众应该确实没看到吧，好在大幕遮盖了一切，或许只露出脚来。最多看我摇晃一下，不过，肯定不会知道的。看那热烈鼓掌，就是为了要我们返回舞台啊！我们肯定也会谢幕的。"

铃子摇晃着星枝的肩膀。

"咱俩应该好好向老师检讨，多亏老师今晚上没有看到。"

两人走近舞台侧面，蜂拥在一起嬉笑打闹的舞女和少女们一时安静下来。铃子脸上稍带羞赧，露出微笑；而星枝一味紧绷着面孔，默然无语。再说那样的场面，有一种令人沉默的氛围。

这时，大幕又拉起了。

舞女们相互示意，手牵手出现在舞台上。她们让铃子和星枝走在最前头。

她俩站在中间，所有人在舞台上排成一列，向鼓掌的观众致意。

这时，少女们各人手捧鲜花，献给铃子与星枝。

这些献花的孩子都是不到十一二岁的少女，其中年龄最小的只有六七岁，一律穿着振袖和服①。她们的母亲、姐姐，以及没有参加《花的圆舞曲》演出的舞女们，都身穿其他舞台的服装，抚摸着少女们的头发，给她们整理好腰带，提前在舞台一角照料着，叮嘱她们不要在舞台上出差错，告诉她们应该把鲜花献给谁。

花束集中到星枝和铃子手里。

《花的圆舞曲》是专门为她们两人编排的舞蹈，动作设计也一样。其余舞女都是作为两人的背景或舞蹈的陪衬上场的。为了突出她俩的形象，服装也和其他舞女们不同。

观众为献花的少女们送上热烈的掌声。

铃子和星枝怀里揣满鲜花，遮盖了前胸。

眼看一个脚步蹒跚的最小的孩子，献花献迟了。她手捧一束纤细的淡蓝色鲜花，似乎比大圆盘的向日葵小一些。女孩儿虽说站在星枝面前，但孩子的身材与花束都很小，星枝似乎没有看到。

"星枝，这么美丽的鲜花，是送给你的呀。"

铃子从旁提醒她。女孩迟疑地望着星枝的脸，听到铃子的声音，就把花献给了铃子。

"不是的，是给星枝姐姐的呀。"

铃子说着，用眼神向女孩儿示意，但那女孩没明白她

---

① 未婚少女穿着的宽袍大袖式样的和服。

的意思。这样一来，星枝也不好从旁边夺去。铃子高高兴兴接过蓝色的花束，摸着女孩儿的头低声说：

"谢谢你，回去吧，妈妈在那儿叫你呢。"

穿着振袖和服的少女，完成献花的使命退了下去。舞台上的舞女们再一次向观众鞠躬致意。幕徐徐落下。

"这是星枝你的花。"

铃子说着，将那一小束花插在星枝满抱鲜花的胸前。

"你为何不接呢？就连那样的小孩子，你都让她在舞台上出丑，太过分啦。看她都要哭了呀。"

"是吗？"

"独木不成林，记住这句话吧。"

铃子说着，笑了。

小小的淡蓝色花朵，夹在玫瑰和康乃馨的花束之间，反而显得更加艳丽。

舞女们你一言我一语，有的说可爱，有的说别致，有的说好看，有的说仿佛神话世界的王冠，还有的说像梦幻之国的糕点，不约而同地一起好奇地注视着星枝的胸前。

"香吗？"

有人接过去看。

"真想手拿这束鲜花跳舞啊。是什么花来着，星枝是什么花呀？"

"不知道。"

"这花从未见到过。这么使人印象深刻的花儿，献花的到底是什么人？"

星枝随手接过重新还回来的花束。

"这花枯萎了。"

那人吃了一惊，望着星枝的脸孔，星枝又说了一遍。

"花枯萎了。"

"没有枯萎呀，在这里先不说这话，回去插在花瓶里就好了。要是给献花人听到了，多不好啊。"

"是枯萎了嘛。"

站在稍远处看着这一切的铃子开口了：

"要是你以为枯萎了，不喜欢，那就给我吧。因为我错接了过来，毁了你的心情不是？"

星枝默然，忽地将花扔过来，这花虽然最后回到铃子手里，但途中曾经有个东西掉落在舞台上了。那是缀着宝石的项链，看样子是藏在花里，系在花枝上的。一两枝鲜花也随着项链坠下来了。

星枝几乎在扔掉花束的同时，急忙穿过演员队列，跑到刚才献花的女孩儿面前，跪下了，说道："啊，对不起，是姐姐不好，原谅我吧。"

说着，连同怀里的花束，顺手将女孩儿抱起来，跑步登上通往后台的阶梯。动作快捷，就连掉下的项链也未看见。

"星枝!"

铃子带着峻厉的目光望着她的背影，捡起项链后，看了看系在蓝色花束上小小的名牌。一两个舞女也过来盯着看。

"胜见，铃子认识这人吗?"

"知道。"

"是个男士?"

铃子没有回答。

星枝快步攀登，胸前的鲜花掉落在阶梯上，她都很麻木。一只脚上的舞鞋带子散开了，她一脚甩掉。鞋子落到下边远处的走廊上，她连头也不回。

这期间，观众要求演员返场的掌声不绝于耳。

乐队走向乐池，掌声进一步高涨。

铃子猛地打开门扉。

"返场啦，星枝，返场啦!"

她一走进后台，就把项链悄悄放在星枝的镜台角上，抬眼斜睨了一下星枝，故意朗声说道:

"有什么悲伤的，返场啦! 乐队都坐好了，等着呢。你一个人在这里闹情绪，真是不懂道理。"

抱来的女孩子不知去哪里了。星枝一个人站在窗前，眺望着夜间的大街。

"你不要惹恼了大家。"

铃子伸手挽着她，星枝也不反抗，跟随铃子走了五六步，在穿衣镜前站住了。

"哎呀，瘸脚丫儿，你的舞鞋呢？"

铃子在镜子里看到星枝的脚。然而，星枝只顾自己的脸。

"这张脸没法再跳。"

"观众根本看不到脸。"

"铃子，你不是说这辈子再也不和我一起跳舞了吗？"

"这辈子还要跳，咱俩跳上一辈子。舞鞋丢哪儿了？"

"我可不想跳，我没心情再跳舞啦！"

"那么，你考虑别人的心情了吗？你绝对不可这样。请你想想，今晚上不是老师专为咱们两个筹划的演出的吗？这么多人为咱俩忙里忙外，费尽心血，你一点都不知道？即使心里悲戚，脸上也要露出微笑。你看观众，他们多么高兴！"

"真的高兴吗？可我心情那么糟，怎么能跳得好。"

"你没有听到鼓掌吗？"

"听到了呀。"

"好吧，快把鞋子穿上，鞋子在哪里呀？"

后台是一间逼仄的西式房间，墙边高起之处铺着榻榻米，并排放置着镜台，有一面大穿衣镜。墙上挂不下全部舞装，中央低矮的桌子上也堆满了。此外，桌子上还胡乱摆着观众赠送的花篮、糕点盒以及花束。

榻榻米下边并排摆放着脱掉的各种舞鞋，铃子蹲在一旁，焦急地寻找星枝的另一只舞鞋。这时，门打开了。

她们的老师竹内来了。他一只手拿着星枝的舞鞋，走近星枝，若无其事地放在她的脚边。

"掉了呀。"

他沉静地说着。

"啊，老师!"

铃子涨红了脸，飞快跑过去，跪在星枝面前，给她穿上舞鞋。

星枝的脚完全交给了铃子，凝神望着竹内。

"老师，我不想跳舞了。"

说罢，她转过脸去。

"管你想跳不想跳，舞蹈总归是舞蹈，这就像人的一生一样。"

竹内笑着，坐到自己的镜台前，开始化妆。

他已经穿起了一半舞装，就近瞅着他化了舞台妆容的脸，比起将要年过半百的实际年龄，面孔掩盖不住老景的凄凉。

铃子和星枝走出后台，当她们一条腿跨上阶梯时，木管早已奏响了序曲。

观众的掌声顿时静止下来。

二

这是柴可夫斯基《胡桃夹子》中的《花的圆舞曲》。

三四年前竹内舞蹈研究所举办的新作观摩大会上，曾经演出过《胡桃夹子》全部组曲，包括《糖果仙子舞》《俄罗斯特雷巴克舞》和《咖啡阿拉伯舞》等。

当时，星枝跳了《中国茶舞》，铃子跳了《芦笛舞》。

《胡桃夹子》的内容原是根据圣诞之夜一位少女梦中所见而创作的童话故事舞曲。

那时候，铃子和星枝都是正当做胡桃夹子美梦的年龄的少女。

《花的圆舞曲》作为压轴，花样年华的少女们翩翩起舞，宛若群芳绽放。

这首舞曲成为她们愉快的回忆。

竹内为两位女弟子扬名于世做准备，今夜专门举办"早川铃子·友田星枝首届舞蹈艺术汇报演出"，曲目中特别加入了《花的圆舞曲》，并以她们二人为领衔主演，重新修订了原有的动作设计。

星枝和铃子一走出后台，竹内便立即走过来，拿起星枝镜台上的项链看了看，又悄悄放回原处。然后，无意识地摸一摸挂在墙上带着女孩儿气息的戏装。

衣服、花束和化妆道具越是凌乱不堪，就越是显得富于青春朝气。

两人下了阶梯，走向舞台一侧，乐队早已奏起华尔兹主题曲，舞女们一边跳跃一边等待主角登场。

"友田，友田！"

后面有人呼叫，星枝没有听见，预先作好舞姿出场；同时，铃子从另一侧走到舞台中央，与星枝相会。

"没事吧？挺好的。"她小声鼓励星枝。

星枝只用眼睛示意没问题。

接着，铃子一边跳跃，一边担心地时不时望着星枝，两人又一次接近时，她对星枝发话：

"我好高兴，心情好些啦？"

第三次接近时则说：

"好棒，星枝！"

然而，星枝似乎没有听到，她只顾跳舞，如入无我之境，昂奋而又热烈。

铃子看在眼里，自己的动作变得有些零乱，肉体和精神都未能完全入戏，浑身显得很不自然。

不一会儿，两人再次靠近，互相牵手。

"撒谎！可恶！"

铃子不知是嫉妒、愤怒还是悲戚，她焦躁不安，不久又说道：

"太过分啦！好可怕的人啊！"

星枝只是一门心思跳舞。

铃子一心不甘后人，舞姿里涌动着青春的激情。

不料，一边同星枝相争，一边跳跃的铃子，以及对于铃子的争斗之心浑然不觉的星枝，却造就了一场互不协调的美丽。两人的动作，不像是款款飞行的蝴蝶的羽翅。

当然，观众不知道这些，一曲终场，她们又被掌声再度唤回舞台。

星枝同刚才相比，完全像另一个人，她精神昂扬，旁若无人，连声音都充满兴奋。

"太好啦！从来都没有跳得这样痛快。音乐和舞蹈完美一致！"

铃子也满怀高兴地回应观众的喝彩。她走到舞台一侧，在那里身穿东方舞装、观看跳舞的竹内，抱住铃子的肩膀，安慰她道：

"跳得好啊。"

老师话音刚落，铃子满含热泪正要投向竹内怀里，又猝然转过身子，抢在舞女们头里，登上阶梯，跑回后台去了。

星枝用口哨吹着刚跳过的圆舞曲中的一节，蹦蹦跳跳走进化妆室。

"撒谎，耍阴谋，自私自利！我上你的当了！骗人，卑鄙!"

"哎呀，生这么大的气?"

"好样的干吗不正儿八经地斗一斗?"

"我讨厌和别人斗!"

星枝急不可待，她一把撸掉花束上的花瓣儿，撒在地上。

"不要碰我的鲜花!"

"这是你的? 谁要同你争啊?"

"是的，你就是彻头彻尾的个人主义者。为所欲为，没见过像你这样可怕的人。"

"你真生气啦?"

"我说的不对吗? 刚才还在怨天尤人，垂头丧气，说什么不想跳舞，不是吗? 弄得我放心不下，上了台还在记挂，自己跳得反而缩手缩脚。有这么可恨的吗? 而你星枝，一转脸儿什么都忘了，自己跳得风风火火，好不高兴! 真是个骗子手，撒谎家!"

"你说的我一概听不懂。"

"不觉得卑鄙吗? 想点子骗人! 对别人使绊子，只顾自己跳得好。"

"才不是呢，那些事儿不怪我。"

"不怪你怪谁?"

"怪舞蹈呀，一旦跳起来，什么都忘了。要是想着要好好跳，反而跳不好呢。"

"看来，你星枝真是个天才！"

铃子只顾冷嘲热讽，可是话音里连她自己都觉得可悲。

"我不会服输的，决不服输！"

铃子焦躁不安，一边整理那里的戏装，一边叨咕。

"好吧，走着瞧，星枝，今后你肯定要吃大亏的！说不准什么时候扑通一声，一落千丈。在别人眼里，凭你的性格，就是属于那种悲剧谷里走钢丝的主儿。自己倒不觉得什么，其实既危险又可怜。大家都为你揪着心呢，想着千万别出事啊！所以人人都让着你点儿。你自己反而不知道，一个人独自逞强。"

"我在舞台上只顾高高兴兴地跳舞，有什么不对呢？"

"高兴，高兴，你只顾自己高兴，还想到过别人高兴不高兴？"

"在舞台上一边跳一边还要想着别人，我可不是那种可恶的世故之人，想起来都可悲，心里一点儿也不痛快。"

"要是世人都服你，那还真了不起。"

铃子随之放低嗓门说：

"不过，在舞台上获得成功，成为舞蹈明星，不是靠勤奋和才能，而是像你星枝这样的韧性，这才是最重要的。那好吧，你就把我踏碎在脚下，只顾自己成名好啦！"

"根本不是。"

"那么，我问你，别人对你那么关心和爱护，你有没有放在心里？"

星枝没有回答，只是望着镜中的自己。

铃子悄悄来到星枝背后，和她脸贴着脸对着镜子说：

"凭着这副态度，星枝你也能喜欢上什么人吗？那时你会是一副什么面孔呢？真想见识见识啊。"

"我才是一副苦相。"

"瞎说。"

"看不出来是因为化了妆。"

"快点儿拾掇拾掇衣服吧。"

"不用，女佣会来的。"

这时，竹内从前台回到后台。

继《花的圆舞曲》之后，又有竹内参演的一出舞剧，至此，今晚的演出结束了。

铃子翩然跑着迎了过去。

"今天晚上全靠老师多方关照，太感谢啦。"

铃子用毛巾揩拭着竹内肩头和脖子上的汗水。星枝坐在自己的镜台前没有动。

"谢谢老师。"

"祝贺你们，大获成功。"

竹内的身子一任铃子摆布，自己只顾擦拭脸上的妆面。

"都是托老师的福啊！"

铃子为竹内脱掉戏装后，给他擦擦光裸的脊背上的汗水。

"铃子，铃子!"

星枝尖着嗓子带着谴责的口气高声呼叫，用白粉刷子敲打着镜台。

铃子装着没听见，到洗漱间洗洗毛巾拧干后，一边仔仔细细为竹内擦干净前胸和后背；一边愉快地交谈着今晚的演出。最后，她仿佛抱起竹内的脚，一只手捧住，一只手为他擦拭足底和脚趾丫儿。接着，又为竹内按摩小腿肚。

铃子高高兴兴地做着这一切，情致殷殷。站在旁人的角度，这一切看起来她对老师真心实意，不藏半点虚假。

但是，由于铃子的动作过于娴熟，并且仍是一身舞装，肌肤裸露，在别人眼中宛如窥探密室中的一对情侣。

"铃子!"

星枝又喊了一声，这是带有神经质的厌恶感的尖锐呼叫。于是，她霍然起立，走出屋门。

竹内默默目送着她远去。

"啊，可以了，谢谢。"

他走到房间一角的洗漱间一边洗脸一边说道：

"听说南条呀，下周要乘班轮回来啦。"

"哎呀，真的吗，老师？太叫人高兴啦。这回是真的要回来了吗?"

"是的。"

"他还记得我吗?"

"那时你多大了?"

"我十六七岁,南条君曾经埋怨说,和一个不曾恋爱过的女孩子一同跳舞,实在跳不出什么味道来。这些他都还记得吗?"

"他当然会记得的。这回他肯定会主动邀请你一起跳舞的。他或许觉得还是没有恋爱的人更好。当他看到那个被他当小孩子看待的人,眼下成为一名舞蹈明星,一定会感到惊奇的啊。"

"真是的,老师。本来,我指望他回来教我跳舞呢,眼下反而觉得有些害怕,及早担心起来。他在英国的学校苦读、深造,接着又去法国观看一流明星跳舞,哪里瞧得上我这等人。"

"男人总不能一直单独跳舞,总得有个女舞伴才行。"

"不是有星枝吗?"

"你不能甘拜下风啊。"

"南条君要是瞧着我,我一定会惶恐不安,浑身打哆嗦的。而星枝依旧可以沉着冷静地跳舞。要是有个好舞伴,她自己也会达到走火入魔的神奇之境,一跃跳出异乎寻常的水平来。她好可怕呀。"

"难为你想得真多。"竹内稍稍有些不悦,他接着说:

"南条归来后，所里准备尽早为他举办汇报演出，到时候你们俩和他同台共舞。以南条为中心，三个人齐心合力，推动咱们研究所发展起来。我也好就此安心地隐退了。你也吃了不少苦，你要和南条君携起手来共创辉煌！研究所地板也需要更换了，墙壁也要重新粉刷。"

铃子联想到，南条的归来比预期延迟了两三年之久，竹内也一直为此而担心来着。所以，这回去横滨迎接指不定有多高兴呢！

"他是绕道美国回来的吧?"

"好像是。"

"为何'好像'是呢?"

铃子有些吃惊，她又问老师，南条有没有在信或电报里说清楚呢?

"其实是从新闻记者嘴里听说南条君要回来，我也是刚在这里知道的。"

"啊? 这种事儿，他预先怎么没有告诉老师一声呢?"

铃子一时愕然，看到竹内阴郁的脸色，随之同情起老师来。与此同时，感到自己也将被南条抛弃，于是失望地突然哭了起来。

"简直不可相信，一切全靠老师的栽培，他才有机会出国留学。真是个知恩不报的狂人! 老师，您为何还要到横滨接他呢? 我讨厌他，无论如何，我都不会和他一起跳舞。"

三

　　星枝走到廊下的时候，负责道具和照明的人员一个个焦头烂额，正在忙着收拾东西。乐手们早已携带着乐器回去了。

　　晦暗的观众席空无一人。

　　会场管理人、舞女们的家人亲友以及他们的舞迷的学生和小姐，各自带着兴奋的表情，有的在评论今晚的演出，有的坐在长椅上等待，有的前往后台。

　　说是舞女，其实都是研究舞蹈艺术的学生。她们并非一直在舞台上服务，立志将来当舞蹈家的人也很少。一半是女中学生或小学生，多是富贵人家的女孩子。

　　她们的化妆室比铃子等人的化妆室宽敞，有的换下戏装，有的去后台浴室洗澡，有的化妆，有的寻找献给自己的花束……人人都在忙着做回家的准备。一派热烈的气氛中，演出后兴奋的余波，也荡漾于青春的话音之中。

　　星枝在廊子上受到各类人物例行公事般的祝贺：

　　"恭喜演出成功！"

　　有人请她签名，对她赞不绝口。

　　即便如此，她也是随便应酬一下。当她在舞女们的化妆室里玩的时候，她家的女佣在走廊上呼叫她，她们一起回到自己的化妆室。

打开房门，铃子正站在竹内身后，为他穿上西服。

和刚才不一样，星枝虽然注意到了，但没有瞧一眼，只是把自己的戏装一一指点给女佣看：

"这件，这件，还有这件……"

铃子向她示意，她也认真点点头，披上春季的外套，两人一起把竹内送到门口。

未等竹内开车离开，铃子就兴冲冲地告诉星枝南条下周乘船归来的消息。

"是吗？"

星枝淡然应道。

"不过，他没有预先通知老师。知恩不报，哪里有这样的狂人？太过分啦！我太为老师痛心了。"

"可不是嘛。"

"要是舞蹈演员们一起抵制他，在报上写文章抨击他就好了。我们约好不去迎接，也决不和他同台演出，好吗？"

"好啊。"

"不行，真令人信不过，你应该更加愤怒才是。你也是个薄情之人，这一点不比南条君差。"

"什么南条君，我不认识他呀。"

"老师不是经常像谈论自己的孩子一样提起他吗？你没

看过他跳舞？"

"他的舞蹈我是看到过的。"

"跳得很棒吧？人们都说，日本第一个西洋舞蹈的天才诞生了。他是日本的尼金斯基①，日本的谢尔盖·利法尔②。所以，老师不惜重金，借钱送他出国。从此，竹内研究所变得贫困起来了。"

"是吗？"

此时，星枝的司机和女佣提着她的衣箱以及别人赠送的彩带绣球走出来，彼此汇合了。

坐在走廊长椅上的一位青年站起身来，紧跟星枝其后。

"友田姐姐！"

"哎呀，您在做什么，怎么还不回家呢？"

星枝面无表情地打他面前通过。

铃子回到后台，洗干净脸，躲在屋角屏风后面，脱去戏装，对星枝说：

----

① 瓦斯拉夫·弗米契·尼金斯基（1890—1950），俄罗斯芭蕾舞艺术家、演员、舞美设计师，父母皆为波兰人。1900 年 10 岁，进入圣彼得堡马林斯基剧场附属舞蹈学校学习舞蹈，18 岁时成为该剧院芭蕾舞明星。所演曲目有《牧神的午后》《玫瑰妖精》《春之祭礼》等。

② 谢尔盖·利法尔（1905—1986），诞生于俄罗斯的法国芭蕾舞艺术家，早年受到尼金斯基姐姐的栽培，后又在芭蕾舞艺术大师指导下，系统学习芭蕾艺术，一生参演过众多曲目，其中有《猫》《颂歌》《铁蹄》等。

"为了我们两个今晚的演出，老师十分艰难地筹措了一笔资金啊。"

"是的。"

星枝看到她前胸和胳膊上还有白粉，说道：

"不洗个澡回去吗？"

"星枝你也要考虑考虑，研究所的房子、乐器以及所有值钱的东西都作了抵押。为了今晚演出的租场费，老师就往来奔波了三四天。"

"制装费似乎也欠下好多，戏剧服装店常来讨债，令人心烦。"

"我说星枝啊。"

铃子看来有点儿不堪忍受。

"'门里门外两重天'，你知道什么意思吗？"

"我知道。就是说，一旦贫穷，缎子腰带也会卖掉。"

"你星枝说不定也会有卖掉缎子腰带的一天，因为乞丐也要吃米饭。你太缺乏人情味啦。就拿刚才来说，一副令人生厌的表情，太过分啦！作为老师的一名学生，为何就不能照顾老师一下呢？"

"太碍眼啦！"

"碍眼？什么叫碍眼？"

"碍眼就是碍眼。老师光着膀子，太不像样了，真亏你动得了手。"

"哎呀。"

铃子出乎意料,她的胸口似乎被人捅了一刀,再也说不出话来。

"洗洗澡吧。"

"你是叫我洗洗手对吗?"

铃子似乎遭受了屈辱,绷起面孔。

"铃子你那一番表现,我有点儿看不惯。"

"可是……"

"我觉得很可怜!"

星枝又进一步强辩道。

铃子像斗败的鸡,沉默不语。

"因为可怜,所以我看不下去,看了生气。"

"为了我吗?"

"是的。"

"我懂了,我很高兴。"

铃子自言自语。

"千金小姐,就是不同于贫苦人家的姑娘,生来的性格,没办法。不过,我是觉得老师很可怜,真心想为他尽把力。并非为了做贴身门生而有意换取老师的欢心,才去照顾他日常起居的。我只是很愿意这么做,说实在的,咱们女人家,结了婚还不就是干这些吗?"

"要是别人,爱干什么干什么,我才不管呢。我不是喜欢你吗？所以看不顺眼，心里难受来着。"

"嗯。"

铃子抱住星枝的肩膀，让她坐到镜台前边。

"我给你化化妆吧。"

星枝顺从地点点头。

两人都换上了自己的西服。

铃子一边为星枝整理头发，一边说道：

"我十四岁就成为老师一名贴身弟子，他送我上女校，像对待自己的女儿一样呵护我。但我也和女佣一起在厨房里忙活着。毕竟是在别人家里，各种事情使我处处备加小心。首先体察别人的心情，然后再考虑自己的心情。我一心想学舞蹈，一直承受着一切。"

"别人的心情？从旁真的能明白别人的心情吗？我很怀疑。"

"我不愿谈论那些冠冕堂皇的大道理，老师没有夫人，或许正是这个缘故，我更加了解老师的心境。要是没有我在他身旁，很难想象，老师将会是什么样子。可能他会一直穿着脏污的衬衫，指甲长长了也不剪。"

"了解他人之心，你不认为是一件很苦的事吗？"

"是啊，所以我认为艺术很难得，自己要是不献身于艺术，我一定会成为一个性格扭曲、行为不检，喜欢卖弄小聪明的孩子，缺乏少女应有的气质。是艺术拯救了我。"

"艺术这东西，我觉得好可怕呢。"

"舞蹈不就是艺术吗？正因为你生来就有跳舞的天分，人们才会原谅你的任性和自负，不是吗？要是夺去你的舞蹈权利，你肯定变成一个管不住的疯子。"

"艺术，不知为何，我总有些害怕艺术。它使我立即沉沦其中。当我一旦醉心于跳跃，浑身觉得酣畅淋漓，仿佛在天空飞翔！自己究竟要飞向哪里？又会变得如何？总是忐忑不安。梦中遨游太空，就是那种感觉。没有抓手，一个劲儿飞翔而去。即便想停止，也仍似他人之躯。我不想失去自我，因此不论何事，我都不愿沉沦其中。"

"富贵人家的娇小姐，仗恃于个人天赋，才会说出这番话来。真羡慕啊！"

"是吗？铃子，你真的打算跳一辈子舞吗？"

"讨厌，现在怎么还说这些呀？"

铃子嬉笑着，拿起大白粉刷子扑打星枝的脸，星枝一直闭着眼睛，稍稍撅起下巴颏说：

"瞧，我才是一脸苦相对吗？"

铃子为星枝的面颊涂抹胭脂，描画眉毛。

"刚才什么事使你伤感？从来没见过你那样粗暴呀，你怎么突然失态了呢？"

星枝寂然不动，宛若一副美丽的能乐面具①。

"我要是因为你倒在舞台上，那才难为情呢。"

"我当时不想跳舞了，出场时我看到母亲在观众席上，就满心的不高兴，立即乱了舞步，怎么也跟不上音乐的节奏了。伴奏也很不争气。"

"哎呀，你家母亲来啦？"

"她偷偷地把什么候选未婚夫带来了。可我不愿意光着身子跳舞时给人看到。"

铃子愕然地望着星枝的脸。

"好了。"

铃子将眉笔放到镜台旁边的化妆包里，即刻叫道：

"哎呀，项链呢？项链收到哪里去了？"

"不知道。"

"是在这儿的呀，你真的不知道吗？真讨厌，弄丢啦，你闪开，我看看。"

铃子说着，拉开镜台的抽斗，又瞅瞅镜台后面，匆匆寻找了一遍。星枝一味听任铃子处理。

"算啦，或许女佣收起来了。"

"那倒好了，不过，女佣没有收拾镜台啊，要是丢了可就糟啦。真不该放在这个地方。这个可不是演出时戴的玻

---

① 古典戏剧能乐演出时，演员戴假面具登场，谓之"面"或"能面"。

璃假项链啊。我去问问别人看。"

铃子风风火火走出了后台。

星枝对着镜台照着自己的脸。

外面的夜风已经像初夏，但后台上舞女们的服装与花束，还有她们脂粉的馨香，依旧笼罩着晚春的气息，滋润着少女们滑嫩的肌肤。

四

美国航线上的"筑波"号轮船，午前八时驶入横滨港。

竹内一行出于职业关系，已经习惯于外国音乐家与舞蹈家的迎来送往，他们计算好时间，于轮船靠岸稍晚些时候到达那里。

不过抵达时间还早，海关大楼屋顶的尖塔，依旧辉映着初夏的朝晖，午前街道树一地清荫。

他们在海关前边停车，铃子去陆务部领了门票。这里不愧是码头，右边排列着细长而低矮的仓库，他们就从这儿渡过新港桥。桥左侧像是掘的一块脏污的海面，三菱仓库前边，泊满了日本老式木帆船，船上晾晒着内裙、白布袜子、紧身长裤、贴身背心、尿布以及孩子们的红裤褂。又破又脏，愈加为周围现代化的海港风光增添异国景观。还有的船上正在洗涮早饭后的盘碗。

竹内在铃子之外，还带来两位女弟子，其中一人在海关岗亭前边下车，把照相机交付受检。

一行人抵达四号码头，星枝早已候在那里了。她家在横滨，一个人先来了。

"呀，欢迎啊！"

竹内一下车，忙着招呼道。把自己的花束交给星枝。星枝接过来说道：

"老师，我不认识南条君，不想为他献花。"

"没关系，他今后就是你台上的舞伴啊！但凡我的得意门生，也是你的兄弟姐妹。"

"我和铃子约好了，我们不和南条君同台跳舞，您其实不用来接他的。"

竹内只是微笑着，他走向轮船公司出差职员身边查阅乘客名单，铃子从他背后一眼瞅到了。

"啊，有啦！老师，他在一百八十五号船舱，他还是回来了呀，回来了呀！"

铃子满脸通红，兴奋地几乎要跳起来。她把两手搭在竹内肩头，竹内也很高兴。

"是啊，回来了，到底回来了。"

"简直就像做梦，心中始终不能平静，老师。"

一行人带着明朗的容颜眺望海港。

南条不会不向老师通报一声就回来的，除非他目空一切，谁都不在乎了。到底发生了什么呢？大家对南条的愤恨与疑虑，从一走进轮船靠岸时的码头开始，就一直搅混在重逢的欢乐之中。竹内甚至联想起这位心爱的弟子少年时期的面影。

他们登上码头的二楼，决定在临港餐厅里等着。这里也挤满了接船的人们。人人都透过敞开的窗户眺望海港，女弟子们耐不住性子，呷一口红茶，将花束放在桌子上，走上通往岸边的步廊。

海港满溢着初夏午前的光辉。

那里停泊着各国的客轮和货船，摩托艇往来其间。

铃子满心兴奋，分不清哪个是"筑波"号客轮。星枝生在横滨，她指着海面对铃子说：

"瞧，那里，眼下正向这里驶来。一艘漂亮的大船，画有红色粗线、有着白烟囱的那艘。那烟囱又短又粗。听说轮船没有烟囱，乘客心里会感到不安。因此，轮船公司都把烟囱精心打扮一番，作为吸引乘客的政策，称作化妆烟囱。大烟囱，不仅看起来船速快，也使人觉得更加安全可靠。"

铃子知道那艘就是"筑波"号之后，心里想象着，当南条看到令人怀念的故国陆地，该是多么高兴啊！她仿佛就是南条，心中兴奋不已。

"南条君正向我们这边眺望吧？他一定在望着我们。甲板上有没有在争抢望远镜呢?"

铃子说着,想借用一下身边女子的望远镜,那女子套着厚厚的草鞋,一头鬈发,衣袖宽大,像是振袖和服。

"人们走动起来之后,还要费好长时间,我们去散散步吧。"

星枝挽着铃子的手臂说。

她们迎着急急登上码头的车辆和人群逆向走去。如今折回刚刚走过的通道,铃子回望着"筑波"号客轮,心里始终平静不下来。

星枝打开报纸神奈川版,大声阅读今日的《进出海港船只栏》,其中分别列举了今明两天的进出港船只与滞港船只。星枝一边阅读,一边对照停泊的船只,什么"利用递信省①补助金建造的豪华货轮"啦,什么"达拉公司的轮船"啦,不愧是横滨出身的姑娘,滔滔不绝地一一说明,听得铃子云里雾里一般。

她们走到栈桥,欧洲航线上的英国船停泊在那里,甲板上一个水手正在向这里俯看。走近船腹,寂静地令人害怕。

栈桥餐厅也紧闭着大门。

---

① 主管邮政、电信、灯台业务等的日本旧中央行政机关。1885 年设立,1949 年废止。

咯噔咯噔闯入一驾运货马车来。马儿多么老朽、瘦弱啊，车夫也和马儿一样，打着盹儿，似乎随时都要摔倒在地。说是马车，只是在四个角落支起四根棍棒，破旧不堪。

迎头走来一对英国老夫妇，领着一个十二三岁的女孩儿，静静地回到船上。女孩儿在唱歌，嗓音甜美。

栈桥屋顶，或者说楼上更合适，星枝和铃子站在一头，眺望海港，默然不语。

过了一会儿，星枝突然问道：

"铃子你要同南条君结婚吗？"

"哎呀，没那么回事，你听谁说的？讨厌，全是风言风语。"

"你不是打算南条君一回国就结婚吗？所以才一直等着。"

"瞎扯，只是有人这么说说罢了。"

铃子急忙打断话题，不久又自言自语：

"当时我还年小，他出国时依旧把我看作一个小女孩儿。"

"初恋啊。"

"那是五年前。"

"铃子一旦结婚，老师就惨啦。"

"哎呀，星枝居然如此替人着想，真是难得啊！要是叫老师听到了，他会很高兴的。"

"不过，没关系的，一个个总要结婚的啊!"

"南条君要是稍微想到我，也不至于闷声不响地回来的，不该连封信或电报都不肯来一个呀!"

"咱们还来接他，真是太傻啦!"

"南条君一定会更喜欢星枝你的啊!"

"瞧你怕的，真不知你如此胆小，又在撒谎啦。"

两人回到四号码头时，"筑波"号庞大的船身，已经贴近前来迎接的亲友们的胸前了。

听到了船上演奏的音乐。

海鸟群集而来，在轮船和码头之间急匆匆往来飞翔。摩托艇从船头和船尾拖来船缆，岸上的人们一边相互推拥着后退，一边又将身子探出栏杆外。已经可以看见乘客了，他们也都在甲板上伸展着身子，有的挥动手里的国旗，有的举起望远镜眺望。吊着一排排救生艇下面的小圆窗内，也填满了一张张面孔。

迎宾人群中，有人高高舞动着欢迎退伍军人时使用的国旗。西洋人的家属拥抱在一起，挥动着帽子。唯有一位日本姑娘，她不顾人们的喧嚣吵闹，独自依靠在餐厅的墙壁上，悠悠然在阅读一部外文书。突向海里的一角陆地上，聚集着旅馆招徕住客的人群。有的穿戴考究，那是为了迎接海外淘金者成功归来的人们。有的是同移民有亲缘关系的乡下农民。也有船员的家属。甚至还有娼妓，她们始终是一张睡眠不足的脸孔。

已经可以看清船上人们的面孔了。船上地面感情相连，欣喜欲狂。确实是纯粹而兴奋的一段时刻。

"啊，太高兴啦，啊！"

不知是否是找到了所等的人，一位漂亮的姑娘长舒了一口气，踮起脚尖，不停地顿着双足。铃子从一旁看着她，不由也被她带动起来，高高挥舞着鲜花。竹内也大声问道：

"在哪里？在哪里？是南条吗？你看到他了？"

"没有看到，我只是兴奋来着。"

"你再仔细瞧瞧，看有没有他。"

"南条君一定看到我们了。"

"好奇怪，看不到像南条君模样的人。不知为什么。"

近旁的人们都在匆匆向下面走去，竹内等人也来到外边。那里等着登船的人已经排起长队。铃子和星枝被前推后拥，只得将花束高高举过头顶。

不一会儿，到了允许登船的时候了。他们一行也从 B 甲板上了船，心里估摸着，南条可能在进门的大厅里等候，但哪里都看不到他的身影。

"肯定还待在船室里吧？"

急忙走去一看，一百八十五号房间倒是用罗马字标示着船客的名字"南条"，但房门紧闭，任怎么敲门也无人答应。

然后又到Ａ甲板上的步道、吸烟室、图书室、娱乐室以及餐厅，匆匆找了一遍，也不见南条的人影。到处都是陶醉于重逢喜悦之中的亲人、情侣、朋友……动辄就同他们磕磕碰碰，前推后拥，奔跑不停。其间，竹内渐渐露出一副歪斜着的阴沉的面孔。

　　铃子和星枝登上逼仄的阶梯，那里是儿童游乐室。

　　"哎呀，这里还有玩沙子的地方呢。"

　　星枝抓起一把沙子奇异地看着，铃子双膝跪在狭小的沙地上，哭泣起来。

　　"太过分啦，太过分啦，简直不像话啊!"

　　"那也用不着啼哭啊。"

　　星枝紧闭朱唇，握紧拳头。

　　"你不觉得很痛快，很有趣吗?"

　　竹内两眼布满血丝，他一走进办公室，就问道:

　　"一百八十五号房间的南条上岸了吗?"

　　"哎呀，这么多乘客，很难弄清楚啊。不过，负责的服务员现在还在那座房间附近，他也许会知道的。"

　　听了办事员的回答，竹内随即折回船舱，询问正在打扫房间的服务员。

　　"大部分客人都上岸了。"

　　一百八十五号房间依旧锁着门。

　　两边船室之间细长的走廊，闪耀着白漆的光亮，没有

画 ｜ 小早川清

一个人影。

大厅里的女弟子们，带着不安的神色等待着。那里也已寂然无声。

竹内压抑着愤怒，他苦笑地说："可能已经上岸了。应该在岸上等着的。"

或许的确应该如此。码头分为楼上楼下两段阶梯，接船的人从楼下上船，乘客由上段阶梯上岸，这是为了防止拥挤。从海岸通往轮船的渡桥，也分上下两座，可能竹内一行人尚未上船时，南条已经上岸了。

开始运送乘客的行李了。

正要走出船舱时，星枝忽地将花束投进海里。铃子看到随波漂荡的花朵，茫然凝视着自己手里的鲜花。

临港餐厅又热闹起来了。归国的人还有的正在欢迎宴会上致辞。

走到码头的后门口，一一对着车内瞅了一遍，终不见南条的影子。问报社记者，他们回答说，他们也在找南条，打算要他谈谈回国的感想。

竹内也许不堪忍受屈辱和愤怒，抑或悲伤之余，很想独自一人待上一会儿。

"谢谢了，对不起，我先回去了。"

他说完，头也不回地匆匆走了。

女弟子们你看看我，我瞅瞅你，星枝家的司机将车开了过来。

"要回家吗?"

铃子冷不丁问了一声。星枝使劲儿摇摇头。

"不回家。"

"那么……"

铃子一直望着竹内的背影,不由热泪滚滚,猝然奔跑起来。

"老师,老师!"她喊着,追了过去。

两位女弟子带着困惑的表情,望着星枝问道:

"不回家吗?"

"不回家。"

"好吧,再见。"

"再见。"

星枝独自上船,来到南条房间前边,悄悄靠在门扉上纹丝不动,她闭起双眼,露出一副冷峻的神情。

五

仓库铁锈色的屋顶,林荫道的新绿,前方泛白的西洋式街衢,海上吹来的微风,无不给人以鲜明的爽适的印象。铃子的皮鞋似乎仍在笃笃敲击着地面,她一心想要追上竹内,这敲击声更使得她的一腔思绪增添忧伤,她目无旁顾地疾步向前。

"老师!"

她几乎一头撞在他身上。

"啊。"竹内虽说有点出乎意料,但也满脸喜色地问道:

"你一个人吗?"

"是的。"

铃子摘掉帽子,甩甩头发,擦擦汗水。

"已经是夏天了。"

"天气真好啊!"

铃子快乐地笑着。

"星枝她们不知到哪儿去了,我只顾紧追老师来了。"

竹内沉默不语,铃子无心地望望竹内的脸色,向前走着。

"南条说不定正在旅馆休息呢。"

竹内说着,走进新格兰德饭店①,看样子南条不会在这里,立即出来了。

"去吃午饭吧。"

在外边等着的铃子,依然表情沉重,只顾摇着头。

"稍微走走吧。"

---

① 即 Hotel New Grand,位于横滨中华街附近,横滨唯一富于古典西洋情趣的饭店。

铃子点点头，他们随即从绿荫遍地的山下公园旁边，经过垂柳飘动的谷户桥，沿着道路两侧排列着西洋花店的斜坡，向山丘顶端树立一面旗子的气象观测站攀登。到达那里之后，听到一群少女合唱赞美歌的声音，两人被歌声吸引，随后进入外国人墓地。

说是墓地，显得颇为明丽，绿意充盈的草坪，清晰地凸现着大理石的洁白。草坪上面点缀着花草，辉映着初夏正午的太阳。看起来愈加像是一座洁净、有序，既欢快又静谧的庭园。山丘斜面陡峭，自右首的滞港船舶，中间经过海岸街、伊势崎町百货店，直到远方山峦，一目了然。

赞美歌继续从山麓的墓地上传过来，应该是一群基督教学校的女学生。

进口一侧土堤上的灌木丛中，盛开的火红的杜鹃花，似乎是那颜色映射着大理石十字架的断面。

女人衣服的色彩，或许因为草坪和空气的缘故，宛若艳丽的绘画。尤其是年轻姑娘的日式和服，看起来无可形容的美丽。前方的景观一无遮挡，身处此处，仿佛飘荡在街道上方。或许这地方也是横滨一方旅游胜地，前来凭吊的不仅有外国人，也有装扮得花枝招展的日本姑娘前来参观，流连忘返。

有的碑上镌刻着"为我爱妻圣洁的回忆"的碑文，下边附有《圣经》语句。随着恭敬地拜读下去，同这墓地有着千丝万缕关系的人的情爱与悲怆，也似乎同铃子的内心相通，自己的感情也借此原原本本全部流出。

"哎，老师，南条君真的回来了吗？"

"是回来了呀，不是明明有他的房号吗？"

"他会不会途中跳海了呢？"

"怎么会有那种傻事呢。"

"我也不相信啊，但我总以为那间房子里是南条君的骨头或幽灵乘船回来了。"

铃子说着，随即发现身边有座小小的坟茔，崭新的大理石表面上镌刻着百合花。

"呀，好可爱呢，婴儿的墓啊。"

她似乎忘掉了一切，将一直捧在手里的花束，悠然放在这座墓前。

小小墓碑前，同样用大理石围起一块花圃，不仅长满了鲜花，还放着凭吊者带来的盆栽。

"星枝早就把花束扔到海里去了。她不像我这样一直抱在怀里不放。管他什么南条北条，干脆就扔到这座外国人的墓地算啦！"

"也好嘛。"

竹内随口应和着，他们朝着形似地岬、突出一端的草地走去。唱着赞美歌的少女们，沿着下边的道路回去了。

铃子坐在竹内身旁，说：

"上回汇报演出的那个晚上，老师，我和星枝看到南条君那样忘恩负义，两人当即发誓，坚决不同南条君一起跳舞，也不来迎他。只因老师要来所以也就来了。"

"哎，算啦。"

"我想他不会对老师连个招呼也不打就踏上日本土地的。"

"他或许有他的考虑，说不定有什么隐情。总之，他是乘坐'筑波'号回来了，这一点确定无疑。必要时找遍全国，总会有人知道他。干的是立足于舞台的买卖，瞒也瞒不住的。你一定要抓住他啊！"

"我不愿意。"

"你不是同南条有约定吗？"

"约定？"

"南条出国前。"

"没有啊，什么约定也没有。"

铃子认真地摇着头。

"我送他来码头的时候，他只是对我说过，在他回国前，不论发生什么事，叫我都不要停止跳舞。"

"你应该信守他的约定，即便我这把老骨头丢弃在坟场，你也要同南条一直跳下去。"

"快别这么说啦，我怎能离开老师您呢？"

"那又怎样呢？修炼艺术，更是残酷的事业，连父母兄弟都可以置于不顾，要忘掉那些粘粘糊糊的世俗人情，首先有献身精神!"

铃子好半天瞧着竹内的脸。

"老师在说谎。"

"是你在说谎啊。"

"老师最疼我了。"

"这倒是。不过，这五年你不是一直等着南条归来吗?一旦南条回来，你又怕被他嫌弃，又怕缩手缩脚放不开身子跳舞，其实这些都是多余的顾虑。还有，你听说南条不打招呼乘船回国，就马上骂他是知恩不报的狂人。其实，这些都不是你心里话，不是吗?"

"我是真心的。老师不觉得南条君做得太过分了吗?"

"是的，确实令人生气。"

"您还是来接他了。"

"是啊，不过，为了让南条将来多照顾你们一些，我也只好忍辱负重。"

竹内虽然口头说得好听，但内心感到歉疚，也有点苦涩。其实，他本想叫新回国的南条作为研究所助手，重整旗鼓，试图摆脱经济困窘的局面。然而，眼下这类事情，铃子根本是想不到的，所以听了竹内的话，铃子内心里也有所触动，"嗯"的一声，随即点点头。

"我很理解老师的用心，所以才会感到太多的遗憾。"

"不要气馁，只管一个劲儿地坚持下去。"

"该怎么办呢?"

"还不明白吗? 抓住南条不放就行啦。他在西方学到的东西，你也全都学过来。拿出吸干他生命之源的劲头，吞噬他掌握的知识。这个可以说是一种复仇的手法。倘若南条背叛了我与你。或者他是个坏人，干了坏事，你也可以和他同归于尽，如果你爱南条的话。果真如此，你也没有什么可遗憾的，我可以为你料理后事。人们常说的'毫无遗憾地活着'，或许就是艺术的根本。你思念南条五年，如今，你的一份纯洁的情爱遭到亵渎，实在很可惜啊!"

铃子听着听着抽噎起来。

竹内说出这番话来，同他的年龄很不相称，完全出自他对年轻人的嫉妒和自己已逝青春的悔恨。虽说也出自对铃子的一番情爱，但当他觉察他的话在铃子身上已经有了实在感应的时候，立即站起身来。

"南条即使知恩不报，世人肯定还会对他的舞蹈报以喝彩的。"

铃子进一步抬眼追问道:

"您很感失落吧，老师?"

"你那样啜泣，不是也因为南条吗?"

"不是的，我听老师这么说，心里总觉得很难过。"

"不要太在乎这些。"

"可我从来没想到老师对我放手不管了。"

竹内惊讶地看着铃子，随口问道：

"友田家就在这附近吗？"

"哦，星枝已经回家了吧。"

"顺便去看看吧。"

铃子默默摇摇头，站起身离开了。

竹内和铃子尚未到达外国人墓地的时候，星枝已经背靠南条船室的门扉，一直站在那里了。她露出一副冷冰冰的表情。

不久，锁眼里响起钥匙转动的声音，星枝悄悄躲避起来了。门静静打开了，星枝的身子正好藏在了门后。一个女子从门内探出头来，看了看走廊。于是，南条跟随女人身后出来了。

南条拄着松叶杖①。

女人轻轻触及一下门扉，门自动关上了。

他们一看星枝在这里，南条和那女子突然站住了，但是星枝和南条并不认识。

星枝依旧靠在门扉上，低着眉头不想动弹。

南条他们只好从她面前通过，当拉开距离之后，星枝也迈开了步子。

———————

① 一名"腋杖"，专供腿脚不便者使用的状如松叶的腋下双股拐杖。

那女子不安地回头看看，她责问南条：

"她是谁？"

"不认识。"

"撒谎。"

"要是认识，总得打个招呼。"

"因为我在场，你想瞒着我。"

"别开玩笑啦。"

"她不是专等你出来的吗？"

"但我从未见过她呀。"

"不要脸，盯梢来了，讨厌鬼！"

星枝听不到他们两人的对话。那女子气呼呼地握紧拳头，两三次捶打着自己的腰部，接着就闭口不语，只管迈动着脚步。

船里已经没有一个乘客了。

码头静寂下来，只有装卸工在搬运从船腹中投下来的货物。

南条和那女子逃也般地奔向码头后门，上了出租车。

南条的右腿似乎有些毛病。

女人似乎比南条年龄大一些，或许过三十岁了，是个带有西洋风情的美人儿。

"小姐，您怎么啦？"

星枝的司机颇为疑惑地打开车门。

"跟着那个瘸子的车。畜生!"

"就是刚才那两个人吗?"

"是的,绝对不要叫他逃掉,不管到哪里都要追上他!"

在气冲冲的星枝的威压下,司机急忙发动车子紧追而去。

"怎么回事?什么人啊?"

"舞蹈家。舞蹈家还拄着松叶杖,没见过。哑巴唱歌,太好笑啦!"

"追上了要做什么呢?"

"不知道。"

"今天去迎接的,就是这一位吗?"

"是的。"

"那位太太,是他的同伴吗?"

"不知道。"

"以前就认识吗?"

"不认识。"

"只要看清车牌号码,跑到哪里都能立即找到。"

"别啰唆啦,只管追吧,你不觉得懊恼吗?"

星枝突然对司机大发牢骚。

车子只顾疾驰,离开横滨市区,从藤泽钻过松林,突然直奔明丽的大海驶去。眼前浮现着江之岛。

道路遥远,前面的出租车早就觉察被人追踪,说不定为了甩掉星枝的车子，故意绕圈子，跑冤枉路。

南条对星枝的行动很不理解。从星枝的年龄上看，自己离开日本时，她也就十五六岁光景，他不曾认识过这么幼小的小姑娘。刚才她那种近乎毫无表情的冷淡的言行举止，究竟为着什么呢？较之傲慢与倔强，那一副几乎等同于虚无的美丽，给南条留下恐怖的印象，但他又不好停车责问她为何紧跟不舍。

女子除了怀疑南条与星枝间有什么秘密外，也别无他想。尽管如此，她看到这位妙龄女郎不像是坏女人，所以对她如此大胆，走到哪里追到那里的行为，依然很不理解。

星枝也觉得自己的行动不合乎道理。

汽车自江之岛道口向鹄沼驶去。沿海车道，左首是海滨沙滩，右首是平坦的松原，眼前一片开阔，晴空万里，柏油马路好似一条笔直的白线，直通远处伊豆半岛。天空一派澄澈，富士山浮在空中。涛声高渺，海滨沙滩绵延不绝。幼松低矮群聚，景色坦荡明丽。还有一片培育松树苗的砂地。这里的植物只有松树。

两辆汽车飞快行驶，看上去全然是莫名其妙的兜风。

不一会儿，前面的一辆拐进辻堂松原，消失于那里一座别墅的庭院。

后面的一辆放慢了车速，稍稍落后些进入一条小路。星枝正要挨近车窗看看门牌时，南条蓦地从门内走出来。

路面的宽度，刚好使得车体触及两侧的松叶。南条和星枝的面孔出乎意料地靠得很近，可以相互感受到对方的呼吸和皮肤的温热。

星枝突然涨红了脸，紧闭双唇。

"你是谁？有什么事吗？"

南条极力装出一副若无其事的样子。

星枝沉默不语。

"你是盯着我到这里来的吗？"

"嗯。"

"究竟为了什么？"

"疯啦。"

"疯了？是你吗？"

"嗯。"

南条怪讶地打量着星枝。

"呵，疯子，有意思。我很喜欢疯子。你好不容易随我到这里，快请进来吧，待一会儿，说说话。"

"说话？我没话可说。"

"真没礼貌，我问你，为何到这里来？不回答就不放你回去。"

"因为疯啦。"

"别开玩笑了。你想耍弄我吗？"

"正是因为您，我只是想羞辱您一下。"

"什么？"

星枝示意司机发车，忽然悲切地闭上眼睛。

"拿根松叶状的棍子装模作样，我才不会上您的当呢。"

南条目送着星枝的汽车，仿佛做了一场噩梦。

六

铃子教少女们做基本练习。

她们和上回跳《花的圆舞曲》时登台献花的小女孩们年龄相仿。铃子对待小孩子很有办法，她亲切地照料她们，很多时候都是由她替代竹内指导排练。

离这些小女孩稍远的地方，三四个年龄稍大些的弟子，有的把脚蹬在横杆上；有的对着镜子做着各种动作；还有的实地跳起了剧中的片段，各自都在自行练习。

竹内在接待室里同经纪人会谈。

竹内带着困惑的神色说道，他刚接到南条的来信。据信上说，南条他右腿关节受伤了，如今扶杖而行，作为舞蹈家，已经不能站立，犹如行尸走肉。但纵使自己早已打算歇脚，想起恩师的悲戚，不忍让他看到自己那副可怜相。

以南条回国为基本构想的计划，全部化为泡影。尽管未收到乘船回国的消息，竹内依旧坚信南条一定会回到自己的怀抱。他本打算先在东京，接着在大阪和名古屋等地举办芭蕾舞回国汇报晚会。他还同影剧院签订了合同，准备率领自己的弟子们登台演出。

"即使南条自己不能跳，也不妨碍参与动作设计与指导，他拄着松叶杖来往奔走，更显其悲剧色彩，愈加增强宣传效果，不是吗?"青年经纪人说道。

然而，竹内并不赞同经纪人的提议，他表示：

"我不想兜售悲剧角色，南条太可怜了。"

"别再犯傻了。好不容易在海外学习五年归来，他应该作为舞蹈设计师，开辟一条新的生路才是啊!"

"就南条本人来说，也许他想把舞蹈全都忘掉呢。总之，不见到南条就无法判断。他总会来致歉的嘛。"

"您的这番温情，反而会害了南条君。应该叫他干起来啊!"

"谁温情啦? 你根本不懂。"

经纪人露骨地指出：现在不是你我争论的时候。应该尽可能利用一切有宣传价值的东西，力求摆脱研究所的经济困境。这么说，当然没有错。因为交不起税，钢琴也被查封了，税务署发出的拍卖通知，是和南条的信一块儿送来的。

无论如何，不见到南条一切都无从谈起。最后只是在为浴衣巡回宣传上达成协议。可以说，这是一种出差性质的贩卖集团，免费招待那些购买浴衣的顾客观看歌舞。到各地方城市巡回演出，也是一次持续不断的长途旅行。竹内虽然对此事并不热心，但他还是让铃子和星枝都去参加这次巡演。

"还有，南条拄拐杖的事请你保密。因为他连我都瞒着，是悄悄上陆的。其实，我也还没告诉身边的铃子。"

竹内进一步叮嘱道，接着便和经纪人一道走出接待室。

他来到排练场，看到铃子正合着童谣唱片，指导小孩子们跳舞。铃子自己也仿佛变成个孩子，起劲地跳跃着。

年龄大一些的女弟子们在更衣室内脱去排练服。

竹内看一会儿孩子们跳舞之后，走到铃子身旁。

"我要外出，帮我准备一下吧。"

"好吧。"

铃子对少女们说了一声"照着刚才继续练习"，就进入后面帮老师更衣去了。

竹内一边结领带一边说：

"这次'浴衣之旅'决定让你参加，这是一件艰苦的差事。"

"不管怎么说，也是一次锻炼。只要认真跳舞就行了。我一定全力以赴。"

"这可是长途跋涉啊！"

"剧目已经定下了吗？"

"这次是乡间巡演，可以安排一些通俗、热闹的舞蹈节目。这类事情还是以你所好进行吧。"

"嗯。回头考虑一下，以便调配服装。"

铃子送走了竹内。

"天要下雨了，老师早点儿回来。"

铃子又回到排练场，将手里的竹内的排练服嗅了嗅，扔进浴室。接着，她又继续合着童谣指导跳舞。

过一会儿，孩子们回家了。

宽阔的排练场只有铃子一人。

她背倚钢琴歇歇身子，无意中一只手触动琴键，鸣响一声。不久，她又选中一张唱片，静心听了一半曲子，然后急忙大幅度地跳起舞来。

铃子打开壁橱的橱门，这壁橱仿佛嵌入整个墙壁的一只大型西服衣柜，内部挂满戏装。铃子一一翻检着，一一追思着，随即取出两三件来。

似乎做着旅行准备。她检查一下手里抱的衣服是否适合使用。戏装上笼罩着舞台的幻影。铃子又想跳舞了。她随身将戏装套在排练服外头。

夕暮降临。看样子已经下雨了。

墙壁一整面广阔的镜子，随着房间的晦暗反而鲜明起来，映照着铃子水中游鱼般的舞姿。

外头有人敲门。

正在跳舞的铃子没听见，留声机也在响着。

门静静打开了。于是，铃子甚至未曾发现，自己的舞姿已经被人看到好一阵了。

"咯噔，咯噔"，传来松叶杖越走越近的响声。正在做白鹤亮翅①动作的铃子听到响声，猝然站立不动了。

"哎呀，您是南条君吧？是南条君啊！"

铃子说着急忙跑过来，几乎倒在地上。

"您回来啦？您到底回来了呀！"

"你是铃子吧？"

"真高兴啊！"

"几乎认不出来啦，你变得更加优秀啦！"

"啊，回来啦！您呀，真坏，真坏！"

铃子正要晃动南条的身子，但一触到松叶杖就立即缩回手去。

"哎呀，您怎么啦？受伤了？"

"老师呢？"

"受伤了吗？站着没关系吗？"

"我没什么。老师呢？"

"我问您，出了什么事啦？"

铃子战战兢兢搬来一把椅子。

---

① 法语 arabesque，古典芭蕾舞基本体势之一。右手斜向上举，左手斜向下指。右腿支撑体重，左腿斜向后方抬起。

"大伙儿去横滨迎接您，找了好久都没接到。好悲伤啊!"

"我躲在船室里了。"

"躲起来了?"

铃子脸色惨白，凝神注视着南条。

"您在? 我那样敲门，原来您在? 真可怕呀! 老师也一起去的。"

"老师呢?"

"外出了。您打算如何向老师交待? 太过分啦!"

"所以，我特来告别一下。"

"告别?"

铃子问，她怀疑自己的耳朵听错了。

南条沉静地点点头，说道:

"我就像忘记歌唱的金丝鸟，你都看到了，我再也不能跳舞了。"

铃子好半天说不出话来。

"最好不要见老师，免得徒增伤悲。铃子你能否替我诚恳地向老师表示道歉，就说南条没有自杀能活着回来，就算侥幸。"

暮色渐渐变浓了。

"对不起，我……"

铃子滴水般的言语一出口，眼泪便止不住流淌下来。

宛若呼唤远方的人：

"不过，不能跳也没关系，也没关系的嘛。"

铃子的话似乎渗入南条心底，他沉默了。

"等呀，等呀，我一边等您，一边长大了。"

"可是，我对于老师，对于你，完全是个无用的人了。"

"不，我需要您，我需要您呀！"

"我对你会有什么用？我又能做什么呢？"

"有的，哪怕什么都做不到，我只要这一条。"

"是爱吗？"南条嗫嚅着说。

"然而，我呀，和你一道所能做的，也只是殉情自杀了。"

"死也无妨。"

铃子啜泣起来。

"不要那么哭嘛。一个想哭不能哭的可怜的人儿，就站在你面前。"

南条从椅子上站起来。

"你本来不是个凭感情用事的人啊。"

"您太扭曲了，其实我很明白，您非常需要爱。"

"天很晚了，我该回去了。请让我看一眼朝思暮想的排练场吧。"

南条凭记忆摸索墙壁上的开关打开电灯，不由一惊。

挂在墙壁上的星枝的照片，几乎碰着他的脸。虽然是胸以上的舞姿，但一眼就认出是她。

"那个疯子。"

他不由嘀咕一声，不经意地瞧了一会儿。

"好漂亮的人啊，也是老师的弟子吗？"

"是的，她叫友田星枝，前一阵子，老师曾经叫我和她两人同台做过汇报演出呢。星枝她也去横滨码头迎您了。"

铃子说罢擦擦眼泪。

南条环顾着墙上排列的舞台剧照，说道：

"好多弟子啊，研究所怎么样？"

"很艰难啊，您竟然还记挂着。当时送您去留学，这里的房子做了抵押，您都忘了吧？还有后来，给您寄去生活费……"

"这我知道。"

"师母去世了，你知道吗？"

"是啊，师母比生身母亲更疼爱我。"

"还有老师本人，不知怎的，自那之后一下子就衰弱了。"

"是吗？"

"老师本来是一心想着等您回来，把一切都交给您管理，安心引退。他是计划着把研究所让给您的。"

"请你转告老师，南条连自杀都做不到，就这么回来了。"

"您到底怎么了呢?"

"你问这个? 是关节不行。"

"不行? 脱臼了,还是折断了? 疼吗? 治不好了吗? 啊,您说呀!"

"这可是我一生的腿啊!"

南条用松叶杖嘎哒嘎哒捅着地板,说:

"木头腿怎么跳舞?"

"这东西,不要啦!"

铃子一脚踢掉松叶杖,南条突然失去平衡,身子就要向前倾倒。此刻,铃子迅速挽起南条的右臂,绕在自己肩膀之上。

"就把我当作你的一只腿好了。不用木头腿,用肉腿走路吧。不能走吗? 试试看,不是可以走吗?"

铃子说罢,亲切地挽着南条转了一圈。

"老师对您如亲生儿子。儿子伤残了,哪有父亲不愿接纳的呢?"

"谢谢,我也巴望用温热的肉腿行走啊!"

南条悄悄离开铃子,拾起松叶杖。

"代我向老师问好,我不去见他了。"

"我不让您走。"

铃子拽住不放,南条倒在钢琴上。他用拐杖尖端重重敲击后面的西洋鼓,发出两三声脆响。

铃子被鼓声吓住了，随即松开了手。

"我让你醒一醒理智的眼睛！"

南条说道。

铃子当即思忖起来，南条所说的"你"，是指南条自己还是指铃子。此时，南条已经走出门外。

"您到哪儿去？下雨啦！您现在要去哪儿？"

铃子追到门外，意外发现外头有汽车在等候他，此时车子已经开动了。

她心情茫然地回到排练场。

她想起了什么，"铃子！"叫喊了一声，同时"咚"地一声用力敲击一下西洋鼓。

"铃子！"

她又大喊一声，再次重重地敲响西洋鼓。

随后，铃子扔下鼓槌，迅速脱掉戏装，走进浴室，开始洗涤竹内的排练服。

这是一间镶嵌白瓷砖的清洁的浴室。

铃子只洗了这一件排练服，伸伸腰肢，站着思考了片刻，随后泡入浴槽。她的整个身子浸入一池温暖的热水中，突然令她泛起微笑，于是连忙用热水洗洗脸孔，接着下意识地凝视着自己的胸脯和臂膀。

电话铃响了。

铃子猛地一怔，紧缩着身子，环顾一下周围。

她不顾一副水淋淋的身子，披起一件便服，出去接电话。这期间，电话铃声在静静的屋子里继续高声鸣响。

　　不知为何，铃子心怀悸动，声音也哽在喉咙管里了。

　　"来啦，喂喂，这里是竹内……"

　　"啊？铃子吗？只你一个人？"

　　"星枝？你是星枝？"

　　铃子放下心来。

　　"对不起，我刚才在洗澡呢。"

　　"哎，是下雨啦。"

　　"洗澡啦，在浴池里。喂喂，你在家里吗？自那之后你一直没来，这可不行啊，你都在做什么？"

　　"今天吗？"

　　"是啊。"

　　"我用望远镜观看海港来着。"

　　"真讨厌，你一直不来，叫我担心极了。"

　　"'筑波'号轮今日起航了。"

　　"'筑波'号，是吗？"

　　"告诉你，那位姓南条的人，挺怪的呀。"

　　"嗯，他刚刚来过着这儿。我正要告诉你呢，他很可怜，一条腿瘸啦，瘸啦，成了瘸子啦，知道吗？他说已经不能跳舞了。他那天躲在船室里了。"

　　"是的呢。"

"他谁也不想见，这倒也难怪。他是来向老师道歉的。他叫我替他转达老师，南条没有自杀，能回来就很侥幸了。老师不在，他是来告辞的。"

"他还是拄着松叶杖吗？"

"是呀，吓我一跳。那是傍晚时分，他像幽灵一般走进来，站在昏暗的排练场里。"

"此后，怎么了？"

"怎么了，你问南条君吗？他的腿真的不能跳舞了，今后可怎么办呢？"

"铃子你又哭啦？"

"我的话他根本听不进，他心灰意冷，像是不想再活下去啦。"

"撒谎！那是假的。"

"你说他撒谎？他确实是来告辞的呀。就是老师也不会眼睁睁看着不管啊。"

"所以我说他装相。我想，那松叶杖也是装门面的。"

"哦？不是啊。你听不清楚吗？你在放唱片，星枝？"

"嗯。"

"听我说，南条君是拄着松叶杖来的呀。"

"这我知道，看见了。"

"哎，看见了。他刚回去。啊呀，你说看到了，是星枝你吗？"

"是啊，所以我才打电话来呀。"

"看见南条君？你是说你看到了南条君，对吗？在哪儿看到的？真的吗？给我说说呀。"

"是想跟你说的呀，是你一个劲儿说个没完啊。那天我一直等他从船室出来。"

"等到了？没有拄着松叶杖吗？"

"拄着呢。"

"那是装相吗？为什么说是假的？"

"不存在什么'为什么'。"

"你跟我说清楚点。我不相信，你怎么知道是假的呢？"

"我只是这么想来着。"

"为什么要这样想？好奇怪呀。他有必要假装拄拐杖吗？"

"那我不清楚。或许因为是和女人一道回来的吧。"

"女人？"

"喂喂，铃子？你见到南条君时，他真的是瘸子吗？"

"嗯。"

"那么说，或许是的。是我多疑了。"

"我呀，现在想去你家可以吗？会比较晚，让我借宿一夜吧。"

"好啊。"

"还要说说关于老师要求的事呢。"

"我问你，铃子你怎么想的？跟南条君的结婚，想作罢了吧？"

"哎呀，没那么回事啊。"

"不过，瘸子舞蹈家起不到什么作用。比起结婚，你不是更看重舞蹈吗？倘若你见到南条，被他松叶杖的把戏所蒙骗，觉得如此二人不能跳舞，那也没办法了，这可不行。你可不能有这样的想法啊！所以我才打电话来。"

"星枝，我不明白你的话什么意思。你说那天一直等着，你一个人吗？一直等到看见南条君从船室里出来的吗？"

"是的。"

"那么，你是作何打算呢？真是个怪人啊！"

"南条君也这样问我，干吗一直盯他到这里，我回答说，我疯啦。他同女人一块儿到位于辻堂旁的森田家里了。"

"森田，森田，是辻堂那边的吗？那么你也一起跟到辻堂那里了吗？"

"要说一起，我只是在后头盯着罢了。"

"辻堂，你一直盯着到辻堂吗？"

"喂喂，你怎么啦？马上就来吗？我派人去车站迎你吧。"

"唔，不过，今晚就算了吧。一项巡演合同谈好了，由于南条君的关系，之前的计划全给打乱了。老师真可怜啊！

是为贩卖浴衣作宣传的旅行。救救老师吧，我们俩一道去。这里连电话都成了他人之物了。”

“什么浴衣宣传，真可厌。”

“要是不去，老师就要犯难啦。”

铃子"咔哒"一声挂断电话。

七

树林里传来盒子枪的响声，稍有间隔的连连四发子弹。

紧接着最后一发，腾起一阵男女的欢笑。

然而，拨开绿叶扶疏的树枝，只有星枝一人出现在庭院里。

树林和庭院连在一起，分不清界限。庭院包裹在树林之中，不过一侧靠近一条小路。

小路对面是桑园，越过桑树枝头，可以窥见下面的山谷。谷底小溪一侧的一小块水田闪耀着寂寥的光亮。蝉忽然想起似的鸣叫起来。

这里似乎是冬季滑雪、夏季登山的往返基地——温泉浴场。这座别墅建在这里很相宜，虽说是一幢简单的建筑物，却位于稍离旅馆后面的山岗上，给人的感觉就是一处独门独户的山里人家。

星枝的动作显得有点野蛮，宛如一名猎手，目光炯厉，看那气势，仿佛连树上野果也要啃上几口，甚至随时都能猛烈地冲出树林，一身轻便的休闲服，贴合全身。有时姿态过度自由，随着一阵兴奋的突发，反而显得不很适合，暴露出危险。

她一边奔跑，一边甩掉鞋子，做出两三次大幅度跳跃，最后随着激烈的连续旋转颠仆在地上。

庭院的草坪似乎没有修剪，野草丛生，并向树林蔓延。星枝白皙的身姿伫立于一派翠绿之中，纹丝不动。

她将一只手臂支撑着草地，抬起脸孔。夕阳从对面照射过来，浅浅的薄云逆着日光飘动。星枝眺望着向远山倾斜的太阳，脸上闪现出渴望的神色，眼睛噙满泪水。

此时，她自然摆出一副舞姿站立起来，开始跳舞了。

说到跳舞，也是一时即兴，只不过将基本动作随心所欲地连缀起来罢了。

她来到甩落凉鞋的地方，正要从地上拾起的时候，抬头向前方一看，蓦然发现小路树荫下有个躲躲闪闪的人影。

星枝疾步奔向小路，一个挂着拐杖的瘸子慌忙向下走去。星枝一眼看到，没有停步，只是稍稍放慢脚步，又继续紧追不舍。今天那不是松叶杖，而是桦木拐杖。

南条回过头来微笑着问：

"你又追过来了？"

"是的。"

星枝随便应和着，不肯正眼看，而是斜睨着南条。眼里又像刚才一样重新燃起野蛮的怒火。

南条满怀感动地说：

"真像竹内老师啊。"

"太不讲礼貌啦。"

"也许我说话的方式不对头，但我实在很怀念啊。竹内老师的舞蹈，就是我整个少年时代的希望和憧憬，所以我打心眼里对你赞叹不已。我说你酷似老师，可能有点不适当，但我不得不承认，你确实是个天才。"

"我说您偷看，太没有礼貌。"

"这个我表示道歉，但盯着一位躲在船室里的乘客，一直追到辻堂，又尾随着找到这座山里来，到底是谁更没礼貌啊？"

"假装瘸腿的人没礼貌。"

"假装？"

南条惊讶地望着星枝，微笑着坐在道旁。

"那根松叶杖怎么了？"

星枝不是嘲笑，而是冷淡地问。

"我呀，已经再也不跳舞了。我厌倦了。可是，星枝小姐却对我紧追不放啊。"

"我没有追您啊。"

"那么说，就是舞蹈在追我，舞蹈不肯放我走吧。对于我来说，你就是舞蹈之神派来的使者。"

星枝倚靠路旁，将一只手提着的鞋子穿在脚上。

"我不管什么舞蹈，什么舞蹈之神，我只要弄清楚松叶杖是假的就够了。"

星枝一顿抢白，正要离开。

"记得在辻堂，你对我说过：'只是想羞辱您一下。'指的就是这一点吗？"

南条也起身跟了过来，一条腿依旧一瘸一拐。

"我在研究所看到过剧照，知道你就是那位星枝小姐。你还到横滨港接过我。那时候，我真的太卑怯了。不过我为何躲在船室里不出来，眼下可以告诉你了。因为现在星枝小姐你的舞姿太使我感动了。请不要急着逃脱嘛。"

"一直在逃脱的是您南条君啊！"

"是的，我一直想着逃脱舞蹈呢。"

"您跳不跳舞我管不着，在那之后，铃子小姐立即到辻堂的家去探望，却大门紧闭，对吗？原来您躲到这山间谷地来了。"

"逃？对于一个患有神经痛和风湿病的人，太需要这座著名的温泉啦！来到这里后，我的腿好多了。"

星枝不由转过头去，眼里含着女性的温柔，半信半疑地审视着南条的腿，神色立即严峻起来。她越发生气地加快脚步，樱唇紧闭。

"刚才的枪声是你打的吗？"

"是我父亲打的。"

"那么说，在那里见到的是令尊了。当我一边心绪茫然地陷入沉思，一边前行的时候，猛然听到清脆的枪声。看到星枝小姐你在翩翩起舞，我一下子清醒了。我的体内已经腐烂死亡的舞蹈，仿佛一时又复活了。"

"能治好吗？"

星枝唐突地问道。

"我的腿吗？当然能治好啦，不过，不知道还能不能跳舞。"

"还说什么呢，回去吧！"

星枝喊叫了一声。

南条忽然闭起眼睛，颤动着前额。

两人不知不觉又回到刚才那座庭院。

"能否再跳一遍给我瞧瞧？"

"不行。"

南条自庭院到树林上空环顾了一圈，说道：

"舞蹈犹如自然界的鸟鸣蝶飞，自由自在，随心所欲，那才是真正的舞蹈。舞台上的舞蹈是堕落的。我刚才看到你的舞姿，实在有点迫不及待，很想和你一道跳起来呢。仿佛身子自然而动，就像墓场的死者，重新站立，翩然起舞一般。"

画 ｜ 小早川清

星枝无意中后退一步。

"因为从舞蹈上来看，我就是一个死人。这样的'我'如今竟然想跳舞，这连做梦都不曾想到。你就跳一遍让我开开眼吧。"

"不行啊，好可怕呢。"

"做个动作给我看看嘛。"

"我已经说了，不行就是不行。"

"那么，我来模仿一下看看好吗？"

"请吧。"

星枝漫然地回答，既怪讶又畏葸地望着南条。

"瘸子跳舞啊。"

南条本人也忽然笑起来。

于是，他的脸色似乎在不断变化，说得夸张些，那是善与恶、正与邪一闪即逝的影子。

他犯起犹豫，不知右手里的拐杖如何处理。他立即举起左腕，一颠一跛跳起舞来。

一副含有不祥之相的怪奇的舞蹈，一侧臂腕优美的舞姿，反而显得阴森可怖。

然而，南条未曾跳上十五步，戛然而止，立即坐在草坪上了。

"就像是牛鬼蛇神的舞蹈啊！"

星枝站在庭院一头白桦树荫下，冷然地沉默不语。

"和星枝小姐你的舞姿相比，简直就是阳光和阴翳。我心中就是如此悒郁。你看了我刚才的舞蹈，你就不难理解，我为何一心想再看一看你的舞姿。"

"好心烦啊，您是认真的吗？"

星枝自言自语地嘀咕着。

"认真？说真的，我如今处于生死关头，站立在转折的路口。从幼年时代起，就一直沉沦于舞蹈。或许是这种因果关系所致吧，在我看不到舞蹈的时候，人间的美好，人生的可贵，仿佛一场梦幻，蓦地醒来，一切都茫然不知了。"

"我不愿看到别人一本正经的面孔。我也不想使自己变得认真起来。我在舞台上跳舞时，一眼瞥见观众十分投入的神情，我就觉得实在无聊。要是认真，倒不如独自活着为妙。"

"你也是个可怜的疯子啊！"

"是的，我一开始就这么说过。在辻堂，当时。"

"我很喜欢疯子，当时我就这么说过。或许舞蹈就应该这样。舞蹈的实质，抑或就在于将尘埃满布的灵魂，通过自古以来所说的更加污秽的肉体的动作，使之纯洁地表达出来。"

"我已经停止跳舞了。"

"停止跳舞？为，为什么？"南条诧异地凝视着星枝，

"就这一点，你能否说说真实的想法呢？"

"我觉得再这样下去，我害怕会变成另一个人。跳起舞来十分认真，其余皆是一派寂寥。"

"这就是艺术家，是天才的悲剧！"

"撒谎！我不想被任何事物束缚，也不认为艺术可贵。我想永远独自一人。"

"那是因为星枝小姐的美丽，你天生丽质，才会使你那么说。"

"我想平凡地活着。此外，没有比这更自由的了。"

"你要结婚吗？"

星枝未作回答。

"看到你青春灵动的舞姿，不曾想到你身心疲惫如此。真是不可思议啊！"

"太失礼啦，我哪里疲惫啦？"

"你受伤了，你受伤了呀！"

"我没受伤。您戴着因果感应的艺术的有色眼镜看人，我不爱听。所以我不跳舞了。正是因为我既没有疲惫又没有受伤，所以我不再跳舞了。"

"刚才你不是在跳舞吗？"

"刚才？刚才在玩游戏呢。就像小孩子又跑又跳地玩游戏。"

"在我看来，那就是舞蹈，就是生命瑰丽的跃动。"

"那是因为您在模仿瘸子跳舞。"

"所以说嘛，我再三求你，让我再看一下星枝小姐你的游戏。求神拜佛，心诚则灵，跛子也能站立行走，这样的奇迹有的是。"

"我也厌恶奇迹。"

"伴随着又跑又跳的节奏，你可以一脚踢掉我的这根拐杖。凭着那股力量，我可以站立起来。"

"您可以立即独自站立起来啊。倘若我的游戏有股力量，可以使跛子站立起来，那么凭借您自己的舞蹈治好您的瘸行，也就丝毫不成问题了。"

"是吗？"

南条的眼里闪过一丝敌意。不过，似乎下定某种决心："那我就照着星枝小姐的吩咐，跳一跳试试看。"

"随您的便吧。"

"如此残酷的观众，对我有好处。"

南条又用右手拄着拐杖，一颠一跛地跳跃起来。

但他已经不同于刚才的舞蹈。出于愤怒，身体的动作也变得僵硬不灵了。

"我本来这辈子都不打算跳舞了。"

"为什么呢？"

"因为我热爱舞蹈。对于舞蹈，我还是稍稍知道一些的。"

他一边断断续续地诉说着，一边逐渐剧烈地狂跳起来。

沉积日久的污秽翻腾起来，不一会儿，南条的舞蹈好似火山喷发。

星枝望着南条的舞姿，眼里闪出好奇的光辉。

最初是一副厌弃丑恶的眼神，继而转向畏惧危险的眼神，仿佛充满一种对不安的恐怖。她用左手挽住头顶上的白桦树枝。

南条依旧拖着一条瘸腿跳舞，然而他的手足已经变得轻松自如、热情奔放了。

他的动作如闪电般迅疾，优美的线条流光溢彩。

星枝暗自用力握紧拳头，并逐渐滑向胸脯下缘。

白桦树枝弯作弓形，眼看就要折断了。

"星枝小姐，论其游戏，还是，还是你教我的游戏，更有趣。"

"您跳得太好啦！"

南条停住舞步，蓦然望着星枝，边跳边靠近过来。

"游戏，不能光是看着。我们一道玩游戏，你快跳起来吧。"

星枝不由得收缩着胸脯，似乎想守住身子。

南条依然向对面跳去。

"能跳啦，我又能跳舞啦，舞蹈使我获得新生！"

南条的舞姿颇似原始和野蛮时期的人，或是蜘蛛和雄鸟求偶一般。

星枝仿佛听到为南条的舞蹈作伴奏的音乐渐次接近渐次响亮起来了。

"自古就有这样的说法，别人跳舞你也跳。"南条转过身子说道。

"谁叫您还在装瘸子，谁叫您还不把那根骗人的拐杖扔掉。"星枝的声音亲切地震颤着。

南条倏忽跳跃过来，拉起星枝的右手催促道：

"只要有一根活生生的拐杖就行啦！"

星枝出乎意料，似乎被南条趁势用力一拽，身子前倾，手里的白桦树枝也忘记松开了。

那个树枝从主干上折断下来。

星枝失去支撑，"扑通"一声倒在南条怀里。

"您真坏，真坏！"

星枝扬起折断的树枝，假装要抽打南条，但南条没有抬起那根长长的拐杖加以遮挡。

南条也趁势来了个趔趄。

他杵着拐杖站稳身子说道：

"既然可以扶着温软的人肉杖跳舞，还用这根劳什子做什么？"

说罢，用力将那根拐杖高高地扔了出去。

于是，他邀请星枝一起跳舞。

正在出神地望着高飞的拐杖的星枝，此时突然切切实实泛起一种不应有的娇羞之态。

起初，她尚未注意到自己的娇媚，其后她蓦地飞红了面颊。

南条手把手指导星枝，使她慢慢跳起舞来。

星枝一边浅浅推拒着，一边合着步调跳着。不久，南条看到两人的身体已经乘上同一股情感的热流，随之加快了舞步。

"站起来啦！瞧，我的腿一下子站起来啦！就像这样啊！"

南条高喊着，紧紧拉住星枝的手不放，她的身子宛若卷裹于烈火的漩涡之中。两人回旋跳跃了一阵，南条欻然将星枝抱了起来。

接着，慌忙奔向树林深处。

他轻轻抱着星枝，再也看不到瘸行的步态，那动作仿佛还是舞蹈的继续。

夕暮将临，晚风劲吹。一群小鸟似乎被风追击着，打庭院上空飞过。

一边跳一边脱，两人的鞋子和南条的上衣，被罩在树木长长的阴影里，那树影随着晚风飘摇不定。

八

是去赶马市吧，小马驹沿着山路走下来。

饲主骑着一匹骡马，小马驹没有系什么辔头，嗒嗒嗒地跟在后头，显得十分老实可爱。

三四个乡下人，背着成捆的小青竹走了过去。

旁边的小山改造成游乐场风格。可以听到做游戏的男女小学生的童谣，似乎是百人大合唱。

小山坐落在流向山谷的小溪旁边，南条从刚才起就坐在小溪岸上，时而怯生生地回头望望小路，时而看看近处山峦对面山脉顶端奔涌的夏云。

星枝和父亲肩并肩走下山岗。

父亲仰望着传来童谣的小山，说道：

"孩子们早已到来了啊。"

南条看见星枝的父亲也一起来了，随即团身躲进芒草荫里。

灼热的阳光令人不安，时时注意周围动静的星枝，一眼认出南条，不由得加快步伐，想迅速超越过去。

父亲望着谷底小溪和对面山峦，没有在意。

"他们都是东京来的体弱的儿童，租住胜见的宅子。那里本来是胜见的蚕种培育场，如今也变成宿舍了，想想真是无情啊!"

星枝心不在焉地听着。

"不过,比起偌大的舱房任其空闲着,白白地结满蛛网,目前这样做也许很合乎胜见的办事风格。不再培育蚕种了,转而培育人之种胤了。这就是胜见常挂在嘴边的为社会服务、为国家尽力。他这是免费借住。即使办葬仪也是如此。记得那时对你说过,他是蚕种业界老大,曾经获得总裁宫两万日元奖金。作为一位不仅在地方而且在中央蚕种工会的重镇,他的葬礼真是太冷清了!尽管本人一任作为一介乡村学者蛰居于荒野寒村,但节俭也得有个限度啊。毕竟是业界大腕儿,都有东京的蚕丝界名士蜂拥而至,参加葬礼。尽管我这个朋友也觉得没面子,不过都是遵从死者的遗书进行的。听说,他将丧葬费都捐献给村里了。万般皆照这一行事风格。"

"是吗?"

"近来,体弱儿童之类很多啊。"

"嗯。"

"以前每年也有学生到胜见这里来,他们都是蚕丝专业学校的学生,是来实习的。只有胜见这样的怪人,会为研究蚕种而漫游世界。因为他富于名望,当地人每每推举他做县议会议员和国会议员,但他总是说育种繁忙,没有空闲。还说此种研究也更能为国出力。一辈子与蚕共存,再也找不到如此令人感佩的男子汉了。他并非出于贪欲，而完全是出于热爱。"

他们围绕小山转了一圈，最先出现在父女二人眼前的是，胜见家的白粉墙蚕种培育场。

这座房屋耸立于小河岸整齐砌筑的石崖上，一时令人想到城堡。那是状如仓房的二层建筑。白粉墙上仿佛切割一般，开着两排窗户，一律大敞着，但都镶嵌着纸障子。

仓房一端转成直角之处，是日常住居的古风的平房。仓房建筑远比平房雄伟壮观。

"那里的标本资料和研究书籍，眼下也都束之高阁、无人问津，所以我正打算劝他们捐献给专业学校或蚕丝会馆。"

"为什么不做蚕种培育了呢？"

"大概因为胜见去世了吧，儿子也不可指望。为了保护胜见蚕种的信用，仅是蚕种一项，也不是容易的事。必须不断进行新的研究，力争不在改良的竞争中输掉。假若培育的蚕种有损于胜见的名誉，不如干脆停止，倒还能帮助贫弱蚕种商家一把。这或许就是夫人的想法吧。"

"能帮助弱小的蚕种商，那太好了。"

"傻瓜，最重要的是培育良种，提高蚕茧质量。你说话就像一个体弱儿童，看问题太小气，应该练练打手枪。"

"手枪？"

星枝嘀咕着，宛若小声地回忆一场噩梦。

"是手枪。昨天打中了，太高兴了。这样的天空，这样的山间空气，连响声都不一样。今年冬天，我带你去打猎。"

父亲说罢，尽力抬头仰望晴空。

"而且，一个女子使唤那么多人，恐怕也不愿意操那份心。她财雄一方，现金不多，股票也多是属于地方的，但山林倒不知道有多少。"

"我回去就练习打枪吧。"

"不要跟妈妈说。这座仓房或许还会恢复。以前的职工虽说是职工，也是胜见的工作助手，都是这方面的行家，他们都来跟我商量，打算振兴胜见蚕种。正因为是胜见弟子，对于研究十分热心。不过，叫他们亲自做生意就不行了。"

"所以他们请爸爸出山，对吗？"

"也不是什么了不起的买卖。打算先征求一下夫人的意见，然后可以成立一家小型公司，先有个经营的模式。"

"这些同那件事有关吗？"

"哪件事？你的婚事吗？别说傻话了，就是因为你这么胆小、多疑，所以才说你是体弱儿童。我知道胜见的儿子迷恋你，他很可怜。不过，那小子并不傻气。"

父女二人来到胜见家门前。

宽阔的庭院巨木萧森，深幽静寂，一看就知道是名门望族，散放着时代的馨香。

远看并不华美，但来到门外向内窥探，宅子既古雅又富于品味，略显晦暗，古趣盎然。

写有"胜见蚕种培育场"的大招牌，依然原封未动挂在仓房的白粉墙上。

父亲停住脚步。

"稍微进去看看古代建筑的修葺吧。公交车乘下一班就行了。晚上能到那边就可以了不是吗？"

星枝轻轻摇摇头，一边望着父亲的表情，一边说：

"那件事希望爸爸为我辞退吧。"

"唔。"

父亲眼望着星枝，似乎说着"先这样"，随之走入胜见家大门。

星枝倏忽抬头瞥一眼仓房，随即离开了。

走下那道斜坡就是温泉浴场。

跟在其后时隐时现的南条，看到星枝只有一个人时，急忙追了上来。他今天依旧拄着松叶杖，但走起路来疾步如飞。

走到大浴场前，南条高声呼叫：

"星枝小姐，请等一等，星枝小姐！"

这里是村中的公共澡堂，是一座寺院风格的建筑。为了排放蒸汽，屋顶上安设了格子窗，上面叠盖着一层小屋脊。

在旁边树林树荫里玩耍的村中儿童，听到南条的叫声，都一起回头望着这边。

星枝惶悚地站立着，忽然闭上眼睛，接着又冷然地睁开来。

"怎么又是松叶杖?"

"我从后面追来，你不知道吗?"

南条气喘吁吁，声音明朗。

"我知道。"

"我在报上看到竹内老师巡演的消息，心想星枝小姐也一定去城里。所以我在游乐场下面等你走过。我从午前一直在那里等你。我想见见令尊请求给予关照。但似乎又有些突然，也想弄清楚你的真实的想法。"

"请父亲关照什么呢?"

"你问是什么? 那么在这之前，必须先让星枝小姐你彻底了解一下我这个人，了解一下这根松叶杖。你一开始就说这松叶杖是假的，你一直憎恨、贬低这根松叶杖。然而，叫我扔掉松叶杖，最先使我站立起来的，也正是你星枝小姐! 我应该感谢这根爱的魔法杖!"

"恶魔之杖!"

"这可是法兰西制品，我拄着它从法国走到美国，我对它寄有深情。如今有了温暖的人杖可以倚靠，终于要同它分别了。假若昨天没有看到星枝小姐的舞蹈，或许一辈子都离不开这根拐杖呢。"

"真像神话啊。"

"神话？"

"嗯，像希腊神话里的舞蹈。"

"啊，是的。实际上那就是希腊少女的舞蹈。我当是在舞蹈中获得了新生。就像邓肯①回归于希腊舞蹈之魂，重新创作舞蹈一样。"

"我不是神话里的少女。我是说那样的舞蹈是神话。还是请您把我看成一个可怜的疯子吧。"

"什么？你是说我中了邪魔了，还是说你我身份悬殊？我爱上你就是不切合实际的幻想吗？"

"那就是所谓的舞蹈。我昨天也说了，我已经停止跳舞了。很可怕！那就是舞蹈吗？我现在真正地清醒了，心情平静了。我想平凡地生活，这一生再也不跳舞了。我希望您放过我。"

"那样想，胆小鬼！"

"南条君，您也是啊，您今天不是依旧拄着松叶杖吗？"

---

① 伊莎多拉·邓肯（1877—1927），美国舞蹈家、现代舞创始人，创立了基于古希腊艺术的自由舞蹈。

星枝说着，逃也似的跑进那里的车库，但想到南条一定会跟着上车，星枝看看南条的脸色，蓦地离开那里，抄小道逃走了。

南条对星枝的这种举动并不在乎，依然紧追不舍。

这里是布满灰白沙石的河滩之畔，温泉旅馆面向这边敞开着窗户，展露着庭院。

河滩两侧小山重叠，蜿蜒低伏。星枝远远眺望河川下游，感到背部直出冷汗。

"你老是松叶杖、松叶杖地挂在嘴上，其实我要说的正是此物。你听听吧，我把自法国以来使用的松叶杖突然扔掉，能那样跳起舞来，这究竟靠的是什么？在这奇迹的瞬间……"

"我厌恶奇迹。"

"那是胆小鬼。奇迹并非鬼神妖术，是生命之火的燃烧！只要跳起舞来，立即就能燃烧生命之火，真是个受到上天恩惠的人儿啊！"

"我不稀罕。"

"星枝小姐，和昨天一样，你这是害怕自己的天才啊。"

"是的呢。我没有理由和昨天不同。"

南条怪讶地望着星枝。

"这样的谎言骗得了谁呢。只要一跳起舞来就像进入梦境一般把它忘掉。"

"我说的什么是谎言？"

"当然是谎言了。星枝小姐除了舞蹈，其他都是谎言。你就是这么个人。可没法笑话我的松叶杖，就说星枝小姐你吧，特地用松叶杖支撑自己的青春，而今又绷紧心胸，压抑情感，故意逞强，这才是虚假呢。在我离开的这几年，日本姑娘怎么都变得这样了呢？"

"哎，我才更是这么想。您虽然随心所欲说了这么多，但因为您长期待在国外，您的话我一点都听不懂。"

"是吗？其实我们要说的都通过昨天的舞蹈传递给对方了。舞蹈家只能通过舞蹈互相沟通，语言是麻烦之物。虽然你我都说过'不跳舞了，不跳舞了'，然而一旦离开舞蹈我们两个就无法生活。这不就是最有力的证据吗？"

"这是神话，是不负责任的。"

"你的意思是'我不爱你'，这我很明白。不过，承认爱上一个人，怎么会叫星枝小姐如此犯难呢？"

"您这是误解。"

"我再跟你说得明确些吧。或许我应该先向你道歉才是。我只顾陶醉于喜悦之中，做梦也不曾想到会再次被推入幽暗的地穴。我简直不敢相信。是星枝小姐误解了我。首先说这根松叶杖。令尊是做生丝生意的，家又住在横滨，如果星枝小姐懂点股票行情，就会对我的松叶杖倍加同情。你可以想象，五年来我在西洋过的是怎样的凄苦的生活。

当我顶着'新回国人员'这块豪华的招牌站在舞台上的时候，肯定有人会嘲笑我：'瞧，这个叫花子，丢尽日本人的脸。'就是那些在西洋看不起我的日本人。这根松叶杖，对模仿一个乞丐来说，既合适又便利。"

南条用松叶杖敲敲足踵，说：

"不过，这决非假冒。我患上了严重的风湿病，那时我混不饱肚子，身体随之衰弱下来。寒冬腊月，点不起炉子。说是神经痛、风湿病，但厉害的时候，膝盖会发出'嘎吱嘎吱'的响声，走着走着，就要倒在地上。疼得就像骨头断了一样。虽然后来靠着这根松叶杖勉强可以走路，但跳舞是不行了。这样一想，身心一派空白。打算托付大使馆送我回来，虽说太丢人，但比起这个没别的办法，只得等着这么办。这种病虽然到医院看过，但不是短期就能治愈的。西洋温泉又是豪华场所，不得已只好自己注射麻醉药止疼。药物中毒，脑子受到影响，灵魂腐败了。这就是我的西洋之旅。直到昨天在看到星枝小姐跳舞之前，我一直就是一堆行尸走肉。"

河岸的小路不知何时变成了坡道，登到顶端就上了公路主干道。夏季酷热，无名花草散发出难闻的气味儿，白蝴蝶款款飞翔，令人目夺神摇。

南条停住脚步，擦擦汗水。

"你也应该理解我藏在船室时的心情。虽然当时不一定非拄着拐杖不行，只是觉得作为一个废人，重新踏入日本国土，手执松叶杖就是一种标识。与其说我没脸见竹内老师，莫如说我不愿意面对码头上受到人们欢迎的场面。我想隐姓埋名地活着。再说，我对一个日本人能不能跳好西洋舞也抱有怀疑。"

"既然那么艰难，当初偏要绕道美国再回日本，这不是很奇怪吗?"

"啊，那完全因为那位夫人，那位夫人就是我的恩人，是她送我回日本的。"

此时，正好驶来一辆公交车，南条不再说下去了。

星枝突然扬起手，叫车停下，冷眼拒绝似的瞥了南条一下，算是告别，转身登上汽车。

南条理所当然地慌忙随后跟着上车。

星枝突然红着脸，不知为何，一直红到脖颈。她羞涩难耐，怯生生地低头不语。

"停车!"

她突然大叫一声，豁出性命跳了下来。

事出意外，南条来不及站起身来。

星枝保持跳车的姿态原样伫立不动。她没有在意额头的汗水，只是目送着公交车尾扬起的灰白的尘埃，极力忍住激烈的心跳。车子消隐于山阴背后，星枝腿脚麻痹，猝然倒在路旁草丛之中。

就这样，她立即痛哭起来。

夏草燠热的野外，不见有人通行。

九

铃子按照平时的习惯，依然带着舞台上的舞姿，体态轻盈地回到后台。意外发现星枝呆呆地对镜而坐，她高兴地仿佛在梦中。

"啊呀，星枝，你怎么来啦？好开心啊！"

她说着，从后头一把抓住星枝的肩头，趁势滑坐下来。星枝被铃子夹持在两膝之间。

铃子一身可爱的装扮，犹如魔幻森林里的吹笛牧童。

那少年分开裸露的两腿，像个大姐姐似的摇晃着星枝。

"大老远的，特地跑过来啦？好想你呀。你吓了我一跳。瞧你，一个人若无其事的样子。"

星枝蓦然闭起眼睛。

铃子有些不安地问：

"你怎么啦？太难为你了，有什么话特来跟我说说吗？"

"是的，听到铃子你的声音，心情好些了。"

"唉呀，你好坏，耍心眼儿。不过咱们好久没见了。老师也会大吃一惊的。连信都不回，竟然又去用望远镜看海港了吧。"

"给你打电话了，没打通。"

"电话，是吗？电话没有了。"

"没有电话了？"

"这些事回头再说吧。"

星枝睁开眼来，环视一下屋内。

"后台真脏啊。"

"不要这么说，人家会听到的。在乡下这算好的了。后台怎么都行，但最叫人头疼的是糟糕的舞台。公共会堂和学校都不能跳舞，照明也不好，真是苦恼啊！不过，老师也一起来了，我们从未灰心丧气。我们只管好好跳舞，没有一次马虎过。戏装是不是都有汗味了？已经出来二十天了，老师真可怜，因为你说过不喜欢参加浴衣宣传旅行，于是老师也只好亲自出马了。"

"是吗？"

"每天都很闷热，进入梅雨季节了。"

"心情郁闷啊。"

"只要一跳起舞来，就不会郁闷了。"

铃子离开星枝，站立起来。

"你可以对老师说，家里不肯放你出来。本来嘛，一个大小姐，老师也估摸着家人不会让你出门旅行的。"

舞台上响起了钢琴声。

铃子看看星枝，示意她这是竹内老师的节目，紧接着就立即准备下一个节目的服装，备齐后就放在那里。看来是竹内和铃子师弟二人的双人舞。

"都是些令人怀念的戏装啊！"

"是的呢。"

"星枝啊，你的脸色不好。坐车太累了吧。你想念我们，特来玩玩的吗？我能这么干高兴吗？"

"我和父亲来这里好几天了。"

"啊，又该避暑了吗？"

"大概是为了生意。"

"是的，这里是蚕茧之乡。这样我就放心了。本来我想，追到这种地方来，对于星枝你来说，是有些不可思议啊。"

铃子说罢，笑了，她回到镜台旁。

"请让我一下，整整妆。"

"嗯。"

星枝点点头，铃子的脸孔进入镜面，当将要同自己的脸孔和面颊叠靠在一起时，星枝似乎有点胆怯，冷不防打了个激灵。

铃子惊讶地问：

"你怎么啦？突然不跳舞了，身体有些不舒坦吧？真是个怪人。"

"不是呀，是你把上过妆的脸同我的脸紧挨在一起，那张脸使我仿佛觉得来到这里还没有见过你。好不开心啊。"

"倒也是。"

"给我也化化妆吧。"

"真是个调皮精，眼下我正忙着呢。"

铃子一边说，一边胡乱给她扑些白粉，擦点胭脂。

星枝活像只偶人，紧紧闭着双眼。

"天太热，大致抹一下就行啦。"

铃子转回头，从侧面望着星枝的脸。

"你的脸既适合于薄妆，也适合于浓妆。真是一张好面孔啊！啊，对了，对了，跳《花的圆舞曲》的时候，你硬是说你这张脸就是一副苦相。还记得吗？"

"早忘啦。"

"真是个好忘事的主儿啊！"

铃子正要给星枝画眉，看到一滴眼泪顺着面颊流淌下来。

"哎呀。"

铃子不由停住手，立即强忍住自己的惊奇，若无其事地微笑着，为星枝擦去泪水。

"是什么呀？给我吧。"

星枝犹如一副美丽的能面，闭着眼睛问道：

"铃子，你爱南条君吗？"

"是啊，我爱他。"铃子明确地回答，"怎么啦？"

"你说得很肯定嘛。"

"是很肯定。"

"是吗?"

"或许打小时候起,我就净想着他。但我怀疑,我真的那样纯情吗?不过,说是爱,其实是意志。南条君即使是坏人,是残废,我都不在乎。我要把他在西洋获得的本领,全都学到手。把他掌握的东西全部拿过来。即使换来一个'失恋者的复仇'这一头衔,我也在所不辞。对于他,必须具有这样的爱的意志!不论发生什么事,我都要同南条君一起跳舞。只要能同所爱的人一道随心所欲翩翩起舞,就是死了也心甘情愿!"

铃子越说越激动,不知何时她已经挤掉星枝镜台前的位置,动作麻利地着手下一个舞蹈的化妆了。

"我都想过了,乍听起来,爱情似乎为了功利,其实不然。这是爱的意志!感情这东西,已经不可信赖了。当今的世道,就是这个样子。越是有才能的人,感情越脆弱。恋爱,只要有意志贯彻其间,纵然失败也不会酿成悲剧。它可以穿越一切,卓然独立!我厌恶后悔,希望毫无遗憾地活着。"

星枝只是茫然地听着。

"为了磨练舞蹈,我不惜付出一切代价,我不愿继续守护着那种清寒而贫乏的思想。回首过去,我真是太没出息啦!"

"舞蹈究竟好在哪里呢?"

星枝孩子般地问。

"你问好在哪里?舞蹈就是我这个人活着的目的。"

"这个是假象。"

"那么,什么是真相?对于你来说,到底什么是真的呢?"

星枝淡然地回答:

"请不要再说了。哎呀,烦死啦!"

"我说星枝,你不是问到我爱不爱南条君吗?"

铃子似乎动怒了,她斜睨着星枝,但又主动如梦初醒地微笑了,可那微笑又突然僵硬起来。

"好奇怪呀,干吗要突然说起这些来呢?究竟出了什么事了?"

接着,她探寻地望着星枝。

星枝感觉到了她的视线,冷不丁用反驳的口气说道:

"南条君,他不是瘸子。"

"啊?"

"他能跳舞。"

"你见到他了?星枝!是发生了什么吧,是吗?这下我知道了。"

"没什么事。"

"你别瞒着我呀，听你这么一说，我仿佛觉得很早就明白了。"铃子沉静地说。

这时候，竹内走了进来。

"啊，怎么跑到这里来了？好久没见啦。"

说着坐在一旁的镜台前，皱起眉头，一边脱去戏装一边说：

"天很热啊。"

铃子拧干了手巾为竹内擦身子。她手指发颤。

"老师！"

"怎么了？"

"听说南条君他不是瘸子，他能跳舞。"

铃子抓住竹内背后的肌肉，脸孔贴在他的肩膀上，嘤嘤啼哭起来。

"不要哭，等等。"

竹内甩开铃子，霍然站立起来。

因为这时候，他发现南条呆呆地站在后台入口。

南条倚着松叶杖，垂首而立，看那副姿态，没有拐杖支撑，他就会颓然倒地。

"老师，我向您赔礼来了。"

"什么？"

竹内怒不可遏，正要冲过去，冷不防星枝突然站起来，将他挡住了。

"老师，不要这样。"

"你闪开，南条你这东西！"

竹内走过去，忽然对南条一阵猛打。

"混账！瞧你，哪像个人啊！"

南条不由得躲避似的扬起松叶杖。

"你要干什么？拿起那个东西想干什么？"

铃子单手撑地，默默注视着。

星枝插在两人之间，说道：

"老师，算了吧。那根松叶杖是假的！"

星枝一副半开玩笑的口气，宽慰着老师。

南条不知想起了什么，忽然变了脸色。"畜生！"他骂了一声，抢起松叶杖，一下子打在星枝的肩膀上。星枝倒在竹内怀里。

由于受到星枝身体的冲击，竹内向后摇晃了一下，在台阶上一脚踏空，仰着身子跌落下来。

舞台上，同行的女歌手们齐声高唱欢乐的流行歌曲。

竹内被搬送到医院，后脑勺受了重伤，右侧肘部疼得不能动弹。

于是，由南条代理竹内的角色，加入大家的巡演之旅。

当天深夜，离开了这座城市。

坐在从医院驶往车站的回程汽车里，三个人都沉默不语。在进入检票口前，铃子一手夺下南条的松叶杖，吩咐道：

"抓住我的肩膀！"

说罢，随即伸过来自己的肩膀。

尔后，她把松叶杖顺手交给星枝：

"把这个扔掉吧，放着它还会出危险的。"

"是啊。"

星枝点点头。

然后，星枝立即折回医院看护竹内。

《古都》后记

川端康成

《古都》连载于 1961 年 10 月 8 日至 1962 年 1 月 23 日《朝日新闻》，计一〇七回。小矶良平氏插图。

由于我自始至终都不能如期交稿，给报社造成很大麻烦。小矶氏似乎在绘制插图的全过程中，都未看到过我的原稿。然而，将《古都》改编为话剧并且搬上舞台的川口松太郎氏告诉我，他认为插图很好，还想拿到明治剧场里展出。鉴于有好多插图是对小说背景发生地的素描，所以我也很想将这些插图收入这本书中。

封面上东山魁夷氏的"冬之花"（北山杉），是 1961 年为祝贺我获得文化勋章而画的。"冬之花"这一主题，是依照《古都》最终章的标题绘制的，画的是文章里提到的北山杉。1962 年 2 月，东山夫妇将这幅画带到了我所入住的东大病院冲中内科病房。我每天在病房里观赏这幅画，随着即将到来的春光渐渐明朗，画中北山杉的绿色也变得明丽起来了。——如今，东山氏正在北欧旅行，我未经他允许，就请人将"冬之花"冠于卷头了。我本来就有这样的打算，想将这幅画作为我的异常之作《古都》的一种救赎纳入书中……

《古都》完稿后十天光景，我便住进了冲中内科。多年来一直服用的安眠药，打从写作《古都》之前起就吃得昏天黑地，本来很早前就想摆脱药物的毒害，某日趁着《古都》完稿之机，突然将安眠药停止了。不料立即发生剧烈的药物戒断反应，被送进东大病院。住院后十多天人事不省。其间，又染上了肺炎和肾盂炎，我自己却浑然不晓。

而且，我在写作《古都》期间的各种记忆多半都失去了，真可怕！我不记得《古都》写了些什么，实在想不起来了。我每天都吃安眠药，不论是写作《古都》之前还是写作期间。我沉迷于安眠药里，挥笔于蒙眬状态。莫非是安眠药叫我写作的吗？这就是我把《古都》看作"我的异常之作"的缘由。

因而，我不想再读它，心里深感不安。我一直拖延看校样，甚至要不要出版也犯起了犹豫。此时，川口松太郎氏计划着要将《古都》亲自改编为戏剧，借助他对这部作品寄予的同情和慰藉，我着手开始校稿了。果然颇为奇异，很多地方都不合常理。校对时虽然大都改正，但行文混乱、笔调狂纵，这些反而可视为这部作品的特色之处，原样不动地保留下来。校对固然很费心力。但是，《古都》多少有异于我的其他作品，说不定是得益于安眠药的缘故。

使得这部书面目一新的是京都方言，我请京都人士校改了一遍。我看到整体的会话都做了细致周到的订正，深感是一项非凡的艰辛的劳动，尤其是第一难点京都方言获得改善，我就放心多了。但有的地方并未按照我的喜好加以修正。

报上连载期间，我在朝日新闻"PR版"① 上拜读了京都新村出②先生题为"古都爱赏"的文章，令我喜出望外。还有，给我写信的读者多半是老人，这对我来说也非常难得。

对小说而言，作者的"后记"之类，本属蛇足，但《古都》这本书对报载的内容做了充分改订，还是稍加说明为宜。

1962 年 6 月 14 日

---

① PR版：public relations 的缩写，即宣传、广告版。
② 新村出（shinmura izuru，1876—1967），日本语言学家，京都大学教授。积极引入欧洲语言理论，致力于日本语言学、国语学的确立。尤其对国语史及其语源、外来语、南蛮文化进行多方面考证，业绩辉煌。荣获文化勋章。著有《东方语言史丛考》，编有《广辞苑》等。

《古都》译后记

　　《古都》最初连载于《朝日新闻》1961 年 10 月至 1962 年 1 月，1962 年 6 月由新潮社出版发行。

　　《古都》小说的舞台是京都，这是谁都知道的。

　　在我眼里，京都是日本历史的缩影，文化艺术的博物馆。

　　一如去伊豆，我也同样去过京都多次。去伊豆是为了缅怀川端康成，深入体察川端文学的悠远妙味；访京都则是为了走进历史，考察过去，亲身体验往昔日本的一呼一吸。

　　一次一次地来来回回，都使我流连忘返，一遍遍地阅读《古都》之作，则使我更加了解京都，了解日本文化艺术。

　　作者在本书的后记中，诉说了自己当时的身体与精神状态，由于长期服用安眠药致使引起药物戒断症状。因而，这部小说是在非正常状态中完成的，应该称为"我的异常之作"。这或许是作者写作心态的真实感触，并非罕见，但我不想也没有能力探究作家当时的精神境况和真实心理，抑或作家本人也是蒙蒙眬眬、无法说清楚吧。作为读者和译者，我且随着故事情节一步步进入这块"壶中天地"，领略一下作者笔下的古都风情罢了。

全书一共九节，没有序号，川端小说大都如此，字数在中长篇之间，有节无序，每节大约在八千至一万汉字左右。

《古都》构思精巧，情节随着一对孪生姊妹出生、失散，到后来的相互约见与寻找，带动城里城外两个家庭、亲友之间的互动与联络，自然推衍发展下来，好似一幅绘卷，无数美景随着文字在眼前逐渐展开；又如一条彩练，连缀着金银珠宝，璀璨闪光。其中，写到的"年中行事"（全年间的节日庆典）就有赏樱、葵祭、鞍马伐竹会、祇园祭、大文字、时代祭、北野舞……涉及的场所与当地风物有平安神宫、嵯峨、锦街、西阵、御室仁和寺、青莲院、北山杉、圆山公园等。

情节是载体，风物是乘客，阅读《古都》如观看小河淌水，只有微波潺潺，没有浪涛汹涌。悠悠流动，安然平静。

作者在《后记》中说道：

"使得这部书面目一新的是京都方言，我请京都人士校改了一遍。我看到整体的会话都做了细致周到的订正，深感是一项非凡的艰辛的劳动，尤其是第一难点京都方言获得改善，我就放心多了。"

作者"放心"的地方，正是译者感到困难和颇为"担心"之处，因为我对京都方言一窍不通，大凡经过"京都人士"改制的"普通话"，我必须再请"京都人士"一一改回来。所幸，家住宇治市的自由撰稿人白须美纪女史给予了热情协助。说起来，那已经是十多年前的事了。值此新书出版之际，特向白须女史深表谢意。

译者
2021 年 6 月初稿
2022 年 6 月校改于
栀子花开时节

《花的圆舞曲》译后记

川端康成《花的圆舞曲》连载于 1936 年 4 月至 5 月的《改造》杂志，是作者以芭蕾舞演员为中心的两部小说（另有《舞姬》）中的一部。

《花的圆舞曲》从文体上看，结构比较松散，似乎写到哪是哪，可以随断随续，随写随跳。当行即行，当止即止。即使到了文末，也不像是故事结束，还可以继续写下去。就连作者自己也认为这部作品属于未完成之作。川端曾说过："未完成的作品才是最佳的。"但当有人提出，《花的圆舞曲》不是写到了最后的舞蹈吗？他回答说："是的，是这样的。不过，此作就像剪掉屁股的蜻蜓，按那个结尾，其实还得再写一半，但是我已经无法写下去了。"

或许作家是故意留下余音袅袅，为后来的读者设下无限想象的空间吧。

《花的圆舞曲》以世界芭蕾舞之冠《胡桃夹子》的一群

青年男女演员为题材，写出他们在舞台上为艺术献身，舞台下悲欢离合的情感世界，从而告诉我们，一旦登上舞台，就应该为舞蹈艺术奋斗终生。同时，我们从南条等人的形象塑造中，也切实感受到艺术家艰苦卓绝的成长之路。

如果说《花的圆舞曲》写的是芭蕾演员的青春时代，那么《舞姬》就是写出了他们的中年和老年时代。波子、竹原、矢木，或许相当于步入人生成熟期的铃子、星枝、南条等人。

人生行路难。要想赢得艺术之腾飞，需要承受终生之辛苦。

台前掌声一片，台后十年汗水。弄不巧，一杆松叶杖也换不来一个大飞跃。

作为一位著名作家，川端康成的艺术修养和志趣爱好是多方面的，舞蹈、茶道、围棋、字画古玩、古都建筑、神社佛寺、四季节庆……简直就是一轴无尽藏的压缩绘卷。

原文按空行分为九个自然段，为便于翻检，译文分别添加了序号。请留意。

译者
2021 年秋初稿于春日井
2022 年仲夏改订

川端康成年谱

明治三十二年（1899）

　　六月十四日，生于大阪市北区此花町医师川端家，父亲荣吉，母亲 GEN，长子，上边有比他大四岁的长姊芳子。

明治三十四年（1901）　　两岁

　　一月十七日，父亲死于肺病。

明治三十五年（1902）　　三岁

　　一月十日，母亲亦死于肺病，康成遂由祖父三八郎（大正三年改名康筹）、祖母 KANE 领养于原籍之地大阪府三导郡丰川村大字宿久庄字东村（今茨木市宿久庄）。川端家族世世代代担当本村的"庄屋"（村长），大地主。然而，后来祖父将家产抛散精光，一时离开村子。康成母亲死后，祖父祖母又回到昔日村内，建造更小的宅邸而居，养育幼孙。姊芳子寄养于姨族儿女婚家——大阪府东成郡鲶江村蒲生的素封秋冈之家。康成姨父乃众议院议员，母死留有遗金，为川端一族老小生活费之来源。

明治三十九年（1906）　七岁

四月，进入丰川普通高小读书，九月九日，祖母KANE去世（67岁）。

明治四十五年·大正元年（1912）　十三岁

三月，高小六年级毕业。四月，以第一名的优异成绩考入大阪府立茨木中学，早晚徒步往返六公里走读。遂使生来虚弱的身子得到锻炼。

大正三年（1914）　十五岁（初中三年级学生）

五月二十五日，祖父去世（73岁），写作《十六岁日记》。八月，被领养于母亲娘家大地主黑田家。

大正四年（1915）　十六岁

三月，开始住校，立志当作家。向《文章世界》等杂志投稿，皆无反应。

大正五年（1916）　十七岁

相继于当地《京阪新报》连载《H中尉》等习作。四月，任学生宿舍舍长，为低班生小笠原义人所友爱。此种体验后来写入《少年》（1948）一作。秋，同祖父一起生活过的故宅被出售给川端岩次郎。

大正六年（1917）　十八岁

三月，于茨木中学毕业。赴东京寄寓于母亲亲戚家里，准备投考第一高等学校（简称"一高"）文科。九月，进入乙类（英语）学习。

大正七年（1918）　十九岁

十月末，到伊豆旅行。偶遇江湖艺人，同行途中，获得十四岁舞女之好意与温情。

大正八年（1919）　二十岁

六月，于校友会杂志发表小说《千代》。其后，去本乡元町埃拉西咖啡屋，会见名曰"千代"的少女（本名伊藤初代），随之与学友经常出入于该家咖啡屋。

大正九年（1920）　二十一岁

九月，进入东京帝国大学文学部英文科。秋，与石浜金作、铃木彦次郎、今东光等人创立同人杂志《新思潮》，结识菊池宽，长期受其恩顾。

大正十年（1921）　二十二岁

二月，《新思潮》第六次创刊，二号（四月）刊出《招魂祭一景》，引起注目；四号（七月）刊载《油》。十月，往访十六岁的初代，签署婚约。一个月之后，初代毁约。此后康成数度努力，终未成功。

大正十一年（1922）　二十三岁

六月，转入国文科。带着失恋的悲痛，住在汤岛，著文记述当年同舞女和小笠原初遇之情景。

大正十二年（1923）　二十四岁

一月，加入菊池宽所创立的《文艺春秋》，为同人。开始写作有关"千代"的《南方之火》（《新思潮》，七月）。九月一日，关东大地震。

大正十三年（1924）　二十五岁

三月，于东京帝国大学文学部毕业。十月，与横光利一、片冈铁兵、今东光等共同创办同人杂志《文艺时代》。千叶龟雄称这一流派的出现为"新感觉派的诞生"（《世纪》，十一月），此后，人们渐渐以此名呼之。

大正十四年（1925）　二十六岁

发表《新进作家的新倾向解说》（《文艺时代》，一月）、《十七岁日记》（《文艺春秋》，八、九月）。《十七岁日记》后改为《十六岁日记》发表。这一年几乎都住在伊豆。

大正十五年·昭和元年（1926）　二十七岁

发表《伊豆的舞女》（《文艺时代》，一、二月）。四月，住在市谷左内町，开始与留守的松林秀（夫人秀子）一起生活。和横光利一等结成新感觉派电影联盟。六月，出版处女作品集《感情装饰》（金星堂）。

昭和二年（1927）　二十八岁

在汤岛疗养的梶井基次郎经常去汤本馆看望川端康成，帮助校对作品集《伊豆的舞女》（金星堂，三月）。四月，去东京参加横光利一结婚典礼。此后一直未回汤岛，入住于杉并区马桥。五月，《文艺时代》终刊。初次在报纸上连载小说《海的火祭》（《中外商业新报》，八月至十月）。十二月，租住热海小泽的鸟尾子爵别庄，至翌年春。

昭和三年（1928）　二十九岁

无产阶级文学隆盛，结交片冈铁兵等众多左倾势力。当局加强镇压左翼人士，林房雄、村山知义等一时寄居于川端之处。五月，移居大森。附近宇野千代夫妇、荻原朔太郎、广津和郎群集，交际频繁。开始爱好养犬。

昭和四年（1929）　三十岁

九月，移居上野樱町。往返于浅草，为写作《浅草红团》取材，发表于《东京朝日新闻》十二月至翌年二月。十月，加入堀辰雄主编的《文学》杂志同人集团。

昭和五年（1930）　三十一岁

加入中村武罗夫等十三人俱乐部，同新兴艺术派新人交往。为倡导新心理主义，横光利一写作《机械》（《改造》，九月），川端写作《针和玻璃和雾》（《文学时代》，十一月）、《水晶幻想》（《改造》，翌年一月）。

昭和六年（1931）　三十二岁

九月，"九一八"事变爆发。说服舞蹈家梅园龙子脱离浅草喜剧团，劝其学习西洋舞蹈音乐及英语等。十二月，同秀子订婚。

昭和七年（1932）　三十三岁

三月，千代（婚后为樱井初代）拜访川端家。创作《致父母的信》《抒情歌》《化妆和口哨》等。

昭和八年（1933）　三十四岁

二月，《伊豆的舞女》首次拍制电影（田中绢代主演）。无产阶级作家小林多喜二遭虐杀。写作《禽兽》《临终的眼》等。

昭和九年（1934）　三十五岁

六月，初访越后汤泽，十二月再访。《雪国》执笔。

昭和十年（1935）　三十六岁

以《暮景中的镜子》为起始，《雪国》各章连载于各报纸杂志。一月，担任芥川文学奖评审委员。同被遗漏的太宰治往来交信。十二月，听林房雄劝，迁居镰仓。

昭和十一年（1936）　三十七岁

向《文学界》推荐北条民雄《生命的初夜》，震动文坛。夏，赴轻井泽，开始关注信州。

昭和十二年（1937）　三十八岁

七月，《雪国》（创元社，六月）荣获文艺恳话会奖。战争开始，写作《牧歌》，以信州为舞台，描写战争时代的社会百相。九月，购买轻井泽别墅。

昭和十三年（1938）　三十九岁

出版《川端康成选集》（九卷，改造社）。观看本因坊秀哉退隐比赛，于《东京日日新闻》连载观战纪实。后来，据此创作《名人》。

昭和十五年（1940）　四十一岁

《爱的人们》（副题《母亲的初恋》）、《逝去的人》、《年暮》等九篇，相继发表于《妇人公论》。

昭和十八年（1943）　四十四岁

三月，领养表兄黑田秀孝三女麻纱子为养女。创作《故园》，发表于《文艺》六月至翌年一月。四月，为梅园龙子做媒，并出席婚礼。

昭和十九年（1944）　四十五岁

战争激烈时期，亲近《源氏物语》和中世文学等典籍。

昭和二十年（1945）　四十六岁

四月，作为海军报道班成员，采访鹿儿岛鹿屋海军航空队特攻基地，停驻月余。五月，同久米正雄、小林秀雄等开办租书屋"镰仓文库"。八月，日本投降，二战结束。镰仓文库改为大同造纸工厂旗下的大同出版社。

昭和二十一年（1946）　四十七岁

一月，接待三岛由纪夫来访。推荐《香烟》发表于《人间》杂志六月号。十月，转居于镰仓长谷二六四番地，终生居于此地。

昭和二十三年（1948）　四十九岁

五月，《川端康成全集》（十六卷本）由新潮社出版。

六月，任日本笔会第四届会长。十二月，完结版《雪国》由创元社出版。

昭和二十四年（1949）　五十岁

《千羽鹤》《山音》等相继问世。镰仓文库倒闭。

昭和二十五年（1950）　五十一岁

二月，《天授之子》发表于《文学界》。十二月，《舞姬》连载于《朝日新闻》。

昭和二十六年（1951）　五十二岁

八月，《名人》连载于《新潮》。

昭和二十八年（1953）　五十四岁

四月，《波千鸟》连载于《小说新潮》。十一月，当选为艺术院会员。

昭和二十九年（1954）　五十五岁

一月至十二月，《湖》连载于《新潮》。五月，《东京人》连载于《北海道新闻》等。

昭和三十一年（1956）　五十七岁

英译本《雪国》在美国出版。三月，《身为女人》连载于《朝日新闻》。

昭和三十二年（1957）　五十八岁

三月，与松冈洋子一起赴欧，出席国际笔会执行委员会会议。九月，主持召开第二十九届国际笔会东京大会。事前为筹措资金四方奔波。

昭和三十三年（1958）　五十九岁

二月，当选为国际笔会副会长。十一月至翌年四月，因胆结石住院。

昭和三十五年（1960）　六十一岁

《睡美人》，一月至翌年十一月，连载于《新潮》杂志。

昭和三十六年（1961）　六十二岁

《美丽与哀愁》，一月至后年十月，连载于《妇人公论》。《古都》，十月至翌年一月，连载于《朝日新闻》。十一月，荣获文化勋章。

昭和三十七年（1962）　六十三岁

二月，因停服睡眠药出现异常而住院。六月，《古都》由新潮社出版。十月，当选为保卫世界和平七人委员会委员。

昭和三十八年（1963）　六十四岁

四月，财团法人日本近代文学馆成立，任监事。《臂腕》，八月至翌年一月，连载于《新潮》。

昭和三十九年（1964）　六十五岁

《蒲公英》，六月至昭和四十三年十月，连载于《新潮》。

昭和四十年（1965）　六十六岁

四月起一年间，NHK播送电视连续剧《玉响》。十月，辞去日本笔会会长职务，由芹泽光治良接任。

昭和四十三年（1968）　六十九岁

七月，担任今东光参议院议员选举委员会事务局长。十月，作为日本人，首次荣获诺贝尔文学奖。十二月，应邀前往斯德哥尔摩出席授奖式，会上发表演讲《我在美丽的日本——序说》。

昭和四十五年（1970）　七十一岁

十一月二十五日，三岛由纪夫剖腹自杀。

昭和四十六年（1971）　七十二岁

一月，担任三岛葬仪委员会委员长。

昭和四十七年（1972）　七十三岁

三月，因阑尾炎住院。四月十六日，于逗子马丽娜公寓含煤气管自杀。十月，财团法人川端康成纪念会成立。

昭和五十六年（1981）

为纪念川端康成逝世十周年，新潮社出版新版《川端康成全集》（三十五卷，增补两卷，凡三十七卷）。

（2020 年夏据羽鸟彻哉所编年谱并参阅其他诸家作成）